AF397880

# Russian Hostage 1-4

## Sammelband

Olga Pizda

# Inhaltsverzeichnis

# Entführt

«Lena, du musst los! Beeil dich!», ruft Lenas Mutter ihr entgegen, um sie daran zu erinnern, dass sie pünktlich zu ihrem Nebenjob kommt.
«Ja, ich muss mich nur noch schnell umziehen!», ruft Lena die Treppe runter.
Sie ist bis vor zwei Stunden noch in der Uni gewesen und ihr Seminar war so einschläfernd, dass sie vor ihrem Job als Kellnerin in einem kleinen Restaurant an der Ecke, noch ein kurzes Nickerchen gemacht hat. Die unzähligen Wecker hat sie überhört, so dass sie jetzt spät dran ist.
Schnell steht sie auf und wühlt in ihrem Kleiderschrank nach passender Kleidung. Sie benötigt eine schwarze Bluse und eine schwarze Hose oder einen schwarzen Rock.
«Mama! Wo ist mein schwarzer Rock?», schreit sie durch ihr Zimmer und wartet auf eine Antwort.

Aber ihre Mutter reagiert nicht. Sie zerrt daher eine schwarze Jeans aus ihrem Schrank, schlüpft rein und zieht sich ihr rotes T-Shirt, was sie in der Uni getragen hat, wieder aus, um die schwarze Bluse anzuziehen.

Sie betrachtet sich im Spiegel und sieht, dass ihre langen, braunen Haare total zerzaust sind. Schnell bürstet sie sich ihre Haare durch und bemerkt, dass sich ihre Wellen so nicht bändigen lassen, weswegen sie beschließt, ihre Haare zu einem hohen Dutt zu binden. Sie wischt sich den Schlaf aus ihren grünen Augen, läuft in ihr Bad und spritzt sich etwas Wasser in ihr Gesicht, bevor sie schnell zu einer Mascara greift, um ihre langen Wimpern zu betonen.

Anschließend trägt sie etwas transparenten Lipgloss auf ihre vollen Lippen auf und verlässt das Bad wieder.

«Hast du meine schwarzen Schuhe gesehen?», will sie von ihrer Mutter wissen, die seelenruhig in der Küche sitzt und in einer Zeitschrift liest.

«Wahrscheinlich in der Kammer»,
antwortet sie und deutet auf die Tür
neben der Garderobe.

Hastig öffnet Lena die weiße Tür und
findet sich in dem kleinen
unordentlichen Zimmer wieder. Hier
bewahrt die Familie alles auf, was
woanders keinen Platz mehr hat.
Neben der Waschmaschine steht der
Trockner, daneben stapeln sich Tüten
mit Pfandflaschen und in der anderen
Ecke befinden sich mehrere Regale, die
mit Schuhen vollgestopft sind.
Verzweifelt sucht Lena nach ihren
flachen Lederschuhen zum Schnüren
und findet sie endlich ganz oben auf
dem Regal.

Das letzte Mal, dass sie kellnern
gewesen ist, liegt schon mehrere
Monate zurück, weswegen die Schuhe
nicht in Gebrauch gewesen sind.
Nachdem sie ihr Abitur im Juni
bestanden hat, ist sie mit dem
gesparten Geld, was sie neben der
Schule beim Kellnern verdient hat, mit
ein paar Freunden in eine einsame
Hütte in den Bergen gefahren.

Dort haben sie sich von den stressigen Prüfungen erholt und immer mal wieder auf einem Bauernhof ausgeholfen, bis im Oktober dann die Uni losgegangen ist. Und nun, nachdem sie sich an ihr neues Leben als Studentin gewöhnt hat, will sie erneut Kellnern gehen, um schon bald von Zuhause ausziehen zu können, um eine WG mit anderen Kommilitonen zu gründen.

Sie schaut auf ihre Armbanduhr und stellt erschrocken fest, dass ihre Schicht in fünf Minuten beginnt. Schnell stopft sie ihren Schlüssel in ihre Hosentasche und läuft los. Etwas außer Atem kommt sie in dem kleinen Restaurant an.

Es liegt mitten in einem Wohngebiet und ist von großen Stadtvillen umgeben. Draußen sind die großen Schirme bereits aufgespannt und die kleinen Holztische mit den gemütlichen Stühlen stehen alle an Ort und Stelle. Sie öffnet die schwere, dunkle Holztür und schaut sich in dem dunklen Restaurant um. Alles ist

in Dunkelbraun und Weinrot
gehalten. So sticht einem die goldene
Bar direkt ins Auge, die sehr großzügig
beleuchtet wird.

Es ist 17 Uhr, weswegen gerade nur
sehr wenig los ist. Die Mittagsgäste
sind bereits vor einiger Zeit
verschwunden und so langsam treffen
die Büromenschen, die sich nur schnell
einen Kaffee oder ein Bier gönnen
wollen, bevor sie nach Hause fahren
oder zu anderen Terminen, hier ein.
Das Restaurant ist etwas gehobener
und wird fast ausschließlich von
Stammgästen aus der Nachbarschaft
besucht. Nur hin und wieder verirren
sich Touristen oder Ortsfremde hier
her. Auch heute sitzen ein paar
Stammgäste an ihren Tischen und
machen große Augen, als Lena das
Restaurant betritt.

«Hey Lena! Dich haben wir ja schon
lange nicht mehr gesehen! Wie geht's
dir? Was macht das Studium? Und für
was hast du dich letzten Endes
entschieden?», fragt ein älteres Ehepaar,

als sie hinter die Theke huscht, um sich ihre Schürze anzulegen.

«Alles super. Ich studiere jetzt Grundschullehramt. Aber ich will bald ausziehen und dafür muss ich wohl wieder arbeiten gehen. Sie werden mich also demnächst öfters sehen», sagt sie mit einem Grinsen.

«Ah, da freuen wir uns», sagt die Frau und nimmt zufrieden einen Schluck von ihrem Milchcafé.

Lena ist durch ihr freundliches und natürliches Auftreten sehr beliebt bei den Stammgästen. Sie hat immer ein paar nette Worte für das doch eher etwas konservative Publikum über und sie mögen es, dass Lena so unaufgeregt und unschuldig wirkt.

«Hey Mariella!», begrüßt Lena ihre kleine, rundliche Chefin, die genau so froh wie der Rest der Belegschaft ist, dass Lena wieder bei ihr arbeitet.

«Hallo Lena! Wir haben dich vermisst!», sagt sie. «Du arbeitest heute mit Marie. Sie müsste auch gleich kommen.»

In dem Augenblick sieht Lena, dass zwei neue Gäste reinkommen und macht sich sofort an die Arbeit.

Der Abend ist recht ruhig, sie hat nicht viel zu tun, muss sich aber immer wieder den Fragen der Stammgästen stellen, die wissen wollen, warum sie in den letzten Monaten nicht da gewesen ist.

Gegen 22.30 Uhr schließt die Küche, und die letzten Gäste verlassen so langsam das Restaurant und auch Lena darf Feierabend machen.

«Die Gäste waren heute wirklich sehr großzügig», sagt Mariella.

Sie übergibt Lena ihren Lohn für den heutigen Tag mit viel Trinkgeld.

Tatsächlich ist es sogar noch mehr gewesen, weil ihr immer wieder heimlich Geld zugesteckt wurde, da die Gäste wissen, dass sie das Trinkgeld mit dem restlichen Personal teilen muss.

«Für deine eigene Wohnung», hat Frau Müller gesagt, während sie Lena im Rausgehen noch einen Schein zugesteckt hat.

Und das ist im Laufe des Abends noch häufiger vorgekommen.

Zufrieden legt sie ihre Schürze ab und macht sich auf den Heimweg. Schon in wenigen Stunden kommt sie erneut her, weil sie die Frühschicht übernommen hat, um abends noch in die Uni gehen zu können.

Todmüde fällt sie ins Bett, schläft sofort ein und wacht erst auf, als ihr Wecker klingelt.

Sie ist eine der ersten und hilft dabei alles aufzubauen und auch ein paar Stühle nach draußen zu stellen, für die Raucher, die nur schnell eine Pause mit einem Kaffee und Zigarette machen wollen.

Die Uhr zeigt 12 Uhr und die ersten Gäste treffen langsam ein, um ein Gericht von der Mittagskarte zu bestellen. Es ist eher ruhig, weswegen Lena jeden Gast im Auge hat. Dabei fallen ihr auch zwei Männer um die 30 auf.

Sie wirken so, als ob sie sich verlaufen hätten, weil sie absolut nicht in dieses eher gehobene Viertel passen, in dem zum Großteil nur kinderlose Paare wohnen, die sich mit ihren guten Jobs die hohen Mieten leisten können oder alteingesessene Familien, dessen Villen schon lange im Familienbesitz sind. Auf jüngere Leute trifft man hier eher selten. Vor allem nicht um die Mittagszeit, weil keine Unternehmen in der Nähe sitzen.

«Hallo, kann ich Ihnen schon etwas zu trinken bringen oder wollen Sie erst in die Karte schauen?», fragt Lena die Beiden freundlich, während sie zwei Karten auf den Tisch legt.

«Ich hätte gerne ein großes Wasser und einen Espresso», sagt einer der Beiden. Lena mustert ihn eindringlich. Er ist groß und breit gebaut. Sein Gesicht strahlt etwas Gefährliches aus, obwohl er nicht böse guckt, sondern sie sogar anlächelt, als er seine Bestellung aufgibt.

Er hat kurze, braune Haare, blaue Augen, einen dunklen 3-Tage-Bart und buschige Augenbrauen. Er wäre sogar ganz attraktiv, wenn er ihr nicht solche Angst machen würde. Lena hat noch nie verstanden, wieso ihre Freundinnen so für Bad Boys schwärmen. Sie konnte denen noch nie etwas abgewinnen und interessiert sich eher für die netten Kerle, die Gitarre und mit ihrem großen Hund spielen.

Sie schaut weiter an ihm herunter und sieht, dass er ein dunkles Hemd und dazu eine ebenfalls dunkle Hose trägt. Seine dicke Jacke hat er über einen der Stühle gelegt. An seiner Hand befindet sich eine teuer wirkende Uhr und seine Füße stecken in auf Hochglanz polierten Lederschuhen.

«Wollen Sie auch noch etwas essen?», fragt sie, während sie die Getränke aufschreibt.

«Ja, aber da schaue ich noch», antwortet er und Lena widmet sich dem anderen Mann.

Der ist ähnlich gekleidet, wenn auch die Uhr an seinem Handgelenk fehlt. Auch er hat kurze braune Haare und trägt einen 3-Tage-Bart.

Anders als sein Begleiter hat er aber sanfte, braune Augen und seine Gesichtszüge sind nicht ganz so hart. Er versprüht keine so dominante Ausstrahlung wie der andere.

«Und Sie?», fragt Lena ihn, um seine Bestellung zu notieren.

«Ein großes Wasser und einen Kaffee bitte. Mit dem Essen schaue ich ebenfalls noch», antwortet er und lächelt sie dabei an.

Lena läuft zurück in die Küche und stellt das Set aus Olivenöl, Salz und

Pfeffer sowie Besteckkorb zusammen und bringt es an den Tisch.
Die Beiden bestellen ein Gericht von der Mittagskarte und widmen sich dann wieder ihren Gesprächen.
Bevor Lena überlegen kann, was die Beiden ausgerechnet in dieses Restaurant geführt hat, kündigt sich eine größere Gruppe bestehend aus sechs Müttern an, um die sie sich kümmern muss.
Als sie die Bestellungen aufgenommen und sich noch in ein paar Gespräche über ihr Studium verwickeln lassen hat, will sie zur Bar gehen, um die fertigen Getränke zu holen. Sie blickt auf die beiden Männer, die auf sich aufmerksam machen wollen.
«Wir würden gerne zahlen!», sagt der Angsteinflößende und zückt seinen Geldbeutel.
«Ich komm gleich!», antwortet Lena und verteilt die Getränke am großen Tisch, bevor sie sich dann den Bon für den Tisch ausdrucken lässt.
Sie bekommt ein sehr großzügiges Trinkgeld und verabschiedet die

Beiden, bevor sie dann weiter arbeitet.
Noch immer fragt sie sich, wieso sie
ausgerechnet dieses Restaurant besucht
haben.

Irgendwann kommen die üblichen
Stammgäste und Lena ist ständig in
Bewegung. Als sie den letzten Teller
mit einem Mittagsgericht in die Küche
bringt und nur noch Kaffee austragen
muss, schaut sie auf die Uhr und
merkt, dass ihre Schicht bereits vorbei
ist.

«Ich geh dann jetzt in die Uni!», sagt
sie zu ihrer Kollegin, während sie ihre
Schürze abmacht und unter der Theke
verstaut.

Sie ist sogar schon etwas zu spät dran,
weswegen sie schnellen Schrittes
Richtung Bushaltestelle läuft. Plötzlich
wird sie angehalten.

«Entschuldigung!», sagt eine
männliche Stimme und Lena bleibt
stehen.

Die beiden Männer aus dem
Restaurant stehen auf einmal wieder
hinter ihr.

«Ja?», fragt sie erstaunt.

Ob die sich wohl verlaufen haben?
Sie kommen näher, während sie Lena schweigend angucken und dabei keine Miene verziehen. Ihr wird auf einmal ganz unbehaglich und sie hat ein ungutes Gefühl. Sie überlegt, schnell wegzulaufen, sieht aber den entschlossenen Blick des Angsteinflößenden, der ihre Beine lähmt.

«Wie kann ich Ihnen helfen?», fragt sie daher freundlich und sie versucht, sich ihre Angst nicht anmerken zu lassen. Wahrscheinlich bildet sie sich das alles nur ein und sie wollen sie nur nach dem Weg fragen.

Die beiden Männer stehen jetzt direkt vor und mustern sie streng.

«Ja, ich bin mir sicher», sagt der Angsteinflößende zu dem anderen und nickt dabei.

Plötzlich wird sie am Arm gepackt und die Tür eines schwarzen Autos öffnet sich. Ehe sie sich wehren oder schreien kann, sitzt sie in einem verdunkelten Auto, die Türen schließen sich und der

Wagen setzt sich in Bewegung.
Erschrocken guckt sie sich um.
Der Mann, den sie zunächst für
freundlich und sympathisch gehalten
hat, sitzt neben ihr. Der andere hat
sich nach vorne neben dem Fahrer
gesetzt, den sie bis dahin noch nicht
gesehen hat.
«Was soll das?», fragt sie verzweifelt.
Sie kann sich überhaupt nicht erklären,
was die beiden Männer von ihr wollen.
«Wer sind Sie?», ruft sie hinterher, als
sie keine Antwort bekommt.
«Sei ruhig. Wir bringen dich jetzt zu
unserem Boss», sagt einer der Männer
und erst jetzt merkt sie, dass hier etwas
nicht mit rechten Dingen abläuft.
Wieso sind die Beiden vorher im
Restaurant gewesen?
Wer ist ihr Boss?
Und wieso will er Lena sehen?
Sie hat doch bisher nichts Schlimmes
in ihrem Leben gemacht, für das sie
bestraft werden könnte.
Und wenn es etwas Gutes ist?, überlegt
sie sich plötzlich.

Aber auch das verwirft sie schon bald wieder. Wieso sollte man sie dann entführen, um sie jemandem bekannt zu machen, der ihr etwas Gutes will?

«Wohin bringt ihr mich?», versucht sie es noch einmal, aber sie erhält wieder keine Antwort.

«Du solltest ihr die Augen verbinden», sagt der Fahrer zu dem Mann auf der Rückbank und Lena versucht sich zu wehren.

Sie will nicht von ihm angefasst werden und will auch nicht akzeptieren, dass sie einfach von wildfremden Männern mitgenommen wird. Sie versucht, die Autotür zu öffnen, aber natürlich ist sie geschlossen. Mit Händen und Füßen versucht sie, den Mann neben ihr k.o. zu treten, aber er ist mindestens zehn Mal so stark wie sie und sie hat keine Chance.

«Stell sie endlich ruhig!», sagt der Angsteinflößende und wirft ihm ein Seil nach hinten.

Er schafft es, Lenas Hände und Füße
zu fesseln und ihr anschließend die
Augen zu verbinden.
Spätestens jetzt weiß sie, dass sie auf
keinen Fall mit etwas Gutem rechnen
kann und die Verzweiflung macht sich
in ihr breit. Sie fängt an zu weinen und
zu schluchzen, aber die Männer
schenken ihr keine Beachtung.
Sie legen eine lange Strecke zurück.
Lena hat inzwischen komplett die
Orientierung verloren und weiß nicht,
wie lange sie schon mit ihnen
unterwegs ist, welche Tageszeit es ist
und ob sie sich überhaupt noch in
Deutschland befinden.
«Steh auf», sagt einer der Männer und
zerrt sie aus dem Auto.
Sie spürt den kalten Wind und weiß,
dass sie sich auf einer freien Fläche weit
außerhalb der Stadt befinden müssen.
Sie spürt eine Hand auf ihrer Schulter,
die sie nach vorne drückt. Sie bewegt
sich und merkt, dass sich unter ihren
Füßen glatter Asphalt befinden muss.
Wo ist sie bloß gelandet?
Ist das eine Straße unter ihr?

Sie wird eine Treppe nach oben
geschoben und langsam steigt sie die
Stufen hoch. Es ist schwierig nicht zu
stolpern, wenn man nichts sehen kann.
Sie wird einen kleinen Gang entlang
geschoben und soll sich anschließend
irgendwohin setzen. Sie spürt, wie ein
Gurt um ihre Hüfte festgezogen wird
und ahnt Schlimmes.
Ist das eben vielleicht eine Rollbahn
und keine Straße gewesen?
Und führten die Treppen nach oben in
ein Flugzeug?
«Wo bringen Sie mich hin?», fragt sie
noch einmal mit zitternder Stimme
und unter Tränen.
Bisher hat sie gehofft, dass man sie zu
jemandem in der gleichen Stadt bringt
und sie am Ende des Tages wieder
nach Hause kommt. Aber wenn sie mit
dem Flugzeug fliegen würde, dann
würde sie wohl nicht so schnell mehr
zurück nach Hause kommen.
Panik steigt in ihr auf und sie versucht
sich aus ihren Fesseln zu befreien. Sie
schreit und zappelt und von weiter weg
kann sie genervtes Murmeln hören.

«Stellt sie endlich ruhig», sagt jemand
und dann hört sie Schritte. Jemand
hält ihren Arm fest, etwas Spitzes
pikst sie und sie spürt, wie ihr Körper
plötzlich schläfrig wird.
Innerhalb weniger Sekunden wird sie
bewusstlos und fällt in einen tiefen
Schlaf.
Das Flugzeug hebt ab und bringt Lena
an einen weit entfernten Ort …

# Verwechselt

Als sie wieder zu sich kommt, liegt sie in einem harten Bett. Sie öffnet langsam die Augen und schaut sich um. Die Fesseln an Händen und Füßen sind ab und sie kann sich frei bewegen. Es muss irgendwann mitten am Tag sein, denn Tageslicht fällt durch das kleine Fenster in den spärlichen Raum. Neben dem Bett steht ein Stuhl aus Holz und auf einem kleinen Tisch steht ein Becher mit Wasser und etwas zu essen. Mehr ist hier nicht vorhanden. Der Boden ist mit einem billigen PVC-Belag ausgelegt und irgendwie fühlt sie sich wie in einer dieser Jugendherbergen in die man in der Grundschule hingefahren ist.
Die weißen Wände sind kahl und an manchen Stellen fällt der Putz ab. Allgemein wirkt der Raum sehr verkommen. Sie schaut sich noch einmal das Bett an, was ebenfalls aus

billigem Holz besteht und nur über
eine dünne Matratze verfügt.
Lena versucht sich daran zu erinnern,
wie sie hier her gekommen ist.
Aber sie erinnert sich nicht mehr.
Das letzte, was sie weiß, ist ihr
Zappeln, die Augenbinde, die Fesseln
und eine Spritze. Automatisch fasst sie
sich an die Einstichstelle an ihrem
Arm, die ganz dick und angeschwollen
ist.
Wer hat ihr das bloß angetan?
Sie läuft zum Fenster, was mit dicken
Stahlbalken verschlossen ist und schaut
nach draußen. Aber sie sieht nichts bis
auf grüne Wiesen. Es ist nicht mal eine
Straße vorhanden oder ein
Fußgängerweg.
Sie scheint mitten im Nirgendwo zu
sein.
Dann läuft sie zur Tür und will sie
öffnen, aber natürlich ist sie
abgeschlossen.
Was hat sie auch anderes erwartet?
Plötzlich spürt sie, wie trocken ihr
Hals ist und dass er beim Schlucken
bereits schmerzt, weswegen sie hastig

das Glas Wasser auf dem Tisch
austrinkt. Das Brot mit Wurst lässt sie
allerdings liegen.
Sie hat absolut keinen Hunger.
Anschließend setzt sie sich wieder auf
das Bett und denkt über ihre Situation
nach. Wie konnte das nur passieren?
Gestern hat sie die beiden noch im
Restaurant in ihrer sicheren
Nachbarschaft bedient und jetzt
befindet sie sich wahrscheinlich in
einem weit entfernten Land mitten im
Nirgendwo.
Plötzlich fällt ihr etwas ein und sie
kontrolliert ihre Hosentaschen. Aber
natürlich hat man ihr Handy
abgenommen. Ihre Tasche scheint
auch nicht mehr da zu sein und bis auf
das Essen auf dem Tisch hat man ihr
keine weiteren Sachen ins Zimmer
gestellt.
Wieder kommen ihr die Tränen und
sie fragt sich, wie sie hier nur gelandet
ist.
Während Lena in ihrem kahlen
Zimmer verzweifelt, befinden sich ihre

beiden Entführer in einem prachtvollen Speisesaal im Erdgeschoss. Sie sitzen an einer reichlich gedeckten Tafel mit anderen Männern und schlagen sich die Bäuche mit allen möglichen Leckereien voll. Am Kopf des großen Holztisches sitzt ein zufrieden wirkender Mann, der sein Weinglas erhebt und einen Trinkspruch loslassen will.
«Auf Dimitri und Vitali, die es geschafft haben die Tochter meines Konkurrenten zu entführen», sagt er und auch die restlichen Männer heben ihre Gläser.
«Auf Dimitri und Vitali!», stimmen sie mit ein.
Die beiden Entführer klopfen sich gegenseitig auf die Schultern und beglückwünschen sich zu ihrer Tat, bevor sie dann einen großen Schluck Wein nehmen.
Nachdem alle aufgegessen haben, steht der Mann vom Kopfende auf und ruft Dimitri und Vitali zu sich.

«Bringt mir das Mädchen und kommt dann in mein Büro», sagt er und sofort laufen die Beiden davon.
Sie lassen sich den Schlüssel von einem anderen Mitarbeiter geben und steigen die Treppen nach oben in den zweiten Stock, wo Lena heulend in ihrem kleinen Zimmer sitzt.
Sie hört das Klimpern der Schlüssel und schaut erschrocken zu der Tür, die nun aufgestoßen wird. Sie erkennt die beiden Männer, die jetzt im Raum stehen, sofort wieder und würde sich am liebsten unter dem Bett verstecken, traut sich gleichzeitig aber auch nicht sich zu bewegen.
«Mitkommen!», sagt der mit dem angsteinflößenden Gesicht und wartet darauf, dass Lena endlich vom Bett aufspringt und ihnen folgt.
«Wo bin ich hier?», will sie verzweifelt wissen, aber sie erhält keine Antwort. Stattdessen wird sie am Arm gepackt und man führt sie durch einen großen Flur, der über und über mit Türen übersäht ist.

Lena versucht, so viel wie möglich zu erkennen und kann durch eine halb offene Tür sehen, dass sich auf diesem Gang mehrere Zimmer befinden, die wie ihres sind. Anschließend laufen sie eine Treppe nach unten und während der zweite Stock noch sehr kahl und spärlich gewirkt hat, ist das erste Geschoss das komplette Gegenteil davon. Sie laufen auf einem weichen Teppich, während es oben nur knarzende Dielenboden gibt.
An den Wänden hängen Bilder, die Abstände zwischen den einzelnen Türen ist größer, was auf große Räume vermuten lässt und in den Ecken stehen gepolsterte Möbel mit kleinen Tischen. Es erinnert sie hier nichts mehr an eine Jugendherberge, sondern an ein schönes Hotel.
Sie laufen einen weiteren Gang entlang, bis sie ganz am Ende davon an einer großen Holztür ankommen.
Sie beobachtet wie einer der Beiden klopft und nimmt dann eine tiefe Männerstimme von innen wahr, die «herein!» ruft.

«Hier ist sie, Viktor!», sagt der Mann, der sie am Arm festhält.
Sie wird reingeschoben und weiß zunächst gar nicht, wo sie hingucken soll. Direkt zu ihrer Linken befindet sich ein riesiges Bücherregal, das vollgestopft ist mit dicken, alten Büchern, die in Leder gebunden sind. Davor steht ein großes, weißes Sofa, vor dem ein runder Glastisch platziert wurde. Zu ihrer Rechten befindet sich ein Regal mit verschiedenen Kunstwerken darauf und direkt daneben steht ein gläserner Barwagen mit allen möglichen Alkoholsorten und Kristallgläsern.
So ein Büro kennt Lena nur aus Filmen und meistens sitzen die ganz hohen Tiere am Schreibtisch, der sich am Fenster befindet.
«Hallo, du musst Katja sein», sagt der Mann, der nun von seinem Ledersessel aufsteht, um den Schreibtisch herum läuft und vor Lena stehen bleibt.
Er ist groß, sehr groß, bestimmt 1,95m und Anfang 40. Er hat keine Haare, aber irgendwie steht ihm das, weil sein

Gesicht dadurch noch männlicher und markanter wirkt. Außerdem bringt das seine stahlblauen Augen noch mehr zur Geltung. Er trägt einen sehr kurzen Bart und wie ihre Entführer einen teuer wirkenden Anzug in einem hellen Grau.

Lena muss sich eingestehen, dass er wirklich attraktiv ist und sie sich irgendwie von ihm angezogen fühlt. Als er direkt vor ihr steht und sie sein teures Parfum riechen kann, fällt ihr aber plötzlich wieder ein, wo sie ist und wird plötzlich nervös.

Und wieso überhaupt Katja?

«Antworte ihm!», reißt einer der Männer sie nun aus ihren Gedanken.

«Nein. Ich bin nicht Katja», antwortet sie und ihre Entführer schauen sie schockiert an.

«Doch. Natürlich bist du das», antwortet der Mann im grauen Anzug gelassen. «Wahrscheinlich bist du auf so eine Situation vorbereitet und wir sollen glauben, dass wir die Falsche haben. Aber mich täuschst du nicht.

Ich erkenne dich wieder», sagt er und
holt ein Foto von seinem Tisch hervor.
Er zeigt es Lena und sie erkennt darauf
ein Mädchen, das tatsächlich genau so
aussieht wie sie.
Zumindest wenn Lena blond wäre und
roten Lippenstift tragen würde.
«Nein. Das bin ich nicht!», versucht sie
es noch einmal. «Sie müssen mich
verwechseln. Wo bin ich hier
überhaupt?», fragt sie und der Mann
guckt sie nur grinsend an.
«Verwechseln … haha! Meine Männer
haben sehr lange nach dir Ausschau
gehalten, Katja. Und das war wirklich
nicht einfach. Die Leute vom
Zeugenschutzprogramm sind wirklich
gut. Aber nicht gut genug.
Wahrscheinlich haben sie sich mehr
um deinen Vater gekümmert, weil sie
dachten, dass er oberste Priorität hat,
aber wir haben immer nur nach dir
gesucht. Denn weißt du, damals als
dein Vater sich gegen mich gewendet
und beschlossen hat, mich an die
Regierung und Polizei zu verraten, war
das natürlich schon ein harter Schlag.

Ich habe viel verloren, sehr viel und ich habe mir geschworen, dass es ihm auch so gehen wird. Wir haben deine Mutter bereits gefunden, aber scheinbar hing er nicht so sehr an ihr, denn das konnte ihn nicht aus seinem Versteck locken. Aber du … du wirst dafür sorgen, dass er mir mein ganzes Geld zurückholt, wenn er dich behalten will.

Wie wir dich letztendlich gefunden haben, fragst du dich nun? Tja … das Internet ist etwas Schönes und auch diese nervige Selbstdarstellung von den Jugendlichen heutzutage. Wir brauchten nur ein Foto von dir und schon hatten wir dich. Diese Privatsphäreneinstellungen sind nämlich gar nicht so sicher, wie du denkst.

Meine Leute haben 10 Sekunden gebraucht, um deine privaten Fotoalben zu finden und die deiner Freunde. Man bekommt mit einer einfachen Software und einem kleinen Foto so viel über die Person und ihren Aufenthalt raus. Als dich dann jemand in Kellnerschürze an deinem Arbeitsplatz markiert hat, wussten wir, dass wir zuschlagen können. Ich musste nur noch zwei meiner besten Männer schicken, die dich dann zu mir bringen. Dein Vater zahlt mir hoffentlich jede Menge Geld, damit ich dich wieder frei lasse. Achso … und du bist hier in deiner alten Heimat. In Russland. Echt erstaunlich wie man dir deinen Akzent abtrainiert hat, damit keiner merkt, wo du wirklich herkommst», erklärt er ihr, während Lena ihn weiterhin verwirrt anguckt.

Ihr Vater ist Lehrer und hat seit zehn Jahren nicht mehr das Land verlassen. Wie kommt er darauf, dass er untergetaucht sein soll? Und wieso Russland?

«Sie verwechseln mich wirklich. Ich heiße Lena und mein Vater ist Lehrer an einem Gymnasium und macht jedes Jahr Urlaub an der Nordsee. Er verlässt das Land nicht und ist auch nicht untergetaucht», sagt sie nun etwas selbstbewusster.

Wenn das alles nur eine Verwechslung ist, dann sollte sie ja eigentlich schon bald wieder nach Hause dürfen.
«Natürlich bist du bei einer normalen Familie gelandet. Du warst ja auch erst 15, als ihr untertauchen musstet. Ganz schön schlau, dass sie euch getrennt und in verschiedenen Ländern untergebracht haben», sagt er daraufhin nur, aber auch das ergibt keinen Sinn.
«Ich wohne mein ganzes Leben schon in der gleichen Familie, in der gleichen Stadt sogar in dem gleichen Haus!» Langsam kommen auch ihm Zweifel.
«Dimitri, Vitali? Habt ihr sie überprüft?», fragt er die Beiden und sie schauen sich nur unsicher an.
«Ähm…» beginnt Dimitri zu stammeln. «Wir haben nur den Befehl ausgeführt das Mädchen zu holen. Wir haben die Adresse von Ihren Männern bekommen.»
«Bringt sie wieder zurück nach oben. Ich überprüfe das», sagt er schon leicht genervt.

Wenige Minuten später findet sich
Lena in ihrem spärlichen Zimmer
wieder und setzt sich hoffnungsvoll auf
ihr Bett. Wenn das alles nur eine
Verwechslung gewesen ist, muss sie ja
nichts befürchten. Sie legt sich hin und
wartet darauf, dass man ihr Bescheid
gibt.

«Ihr habt also nur das alte Foto von
Katja genommen, es in eure dämliche
Suchmaschine eingefügt und mir dann
dieses Mädchen aus Deutschland
gebracht?», fragt Viktor in einem
strengen Tonfall seine Mitarbeiter.
Die Männer schauen nervös von ihren
Computermonitoren auf und wissen
nicht, was sie sagen sollen.

«Ja … das Mädchen sieht genau so aus
wie Katja. Sie ist im gleichen Alter.
Alles hat gepasst», antwortet einer
unsicher.

«Alles hat gepasst? Was hat denn sonst
noch gepasst außer ihr Alter und ihr
Aussehen? Habt ihr nicht mal daran
gedacht, dass es Menschen auf der
Welt gibt, die sich ähnlichsehen? Es
gibt sogar Menschen da draußen, die

genau so arm dran sind wie ihr und
euer Aussehen teilen müssen! Findet
heraus, wer das ist und gebt mir dann
Bescheid!», brüllt er und stürmt dann
zurück in sein Büro.
Er schenkt sich zur Beruhigung einen
Wodka ein und kippt ihn in einem
Zug runter, bevor er dann vor sich
hinmurmelt, von was für Idioten er
umgeben ist.
Wenige Minuten später klopft es an
der Tür und der Mitarbeiter, den er
eben noch angebrüllt hat, kommt
herein.
«Wir haben sie überprüft und sie sagt
die Wahrheit. Ihr Name ist Lena
Kellermann und sie wohnt seit ihrer
Geburt in Hannover. Ihre Mutter ist
Krankenschwester, ihr Vater Lehrer an
einem Gymnasium. Sie hat wirklich
nichts mit Katja zu tun, außer, dass sie
halt so aussieht», sagt er und reicht
ihm die ausgedruckten Unterlagen.
Viktor versucht, tief durchzuatmen
und sich zu beruhigen. Er ist darauf
sowieso vorbereitet gewesen, weswegen

ihn das nicht allzu sehr aus der Bahn wirft.

Trotzdem ist er natürlich sauer.

«Gut. Behaltet die Medien im Auge und sagt mir, was zu ihrem Verschwinden geschrieben wird. Ich lasse mir etwas einfallen!», sagt er und schaut sich ihre Unterlagen noch einmal genauer an.

Darunter sind auch ein paar Bilder, die er eingehend betrachtet. Es sind Bilder dabei, wie sie mit Freundinnen im Bikini am Strand posiert, wie sie sich in ihrem Kleid für den Abi-Ball präsentiert aber auch ganz einfache Schnappschüsse beim Kaffee trinken oder beim Herumalbern mit einem Hund. Sie wirkt überall sehr glücklich und zufrieden und strahlt dabei etwas Unschuldiges und Reines aus, was ihn irgendwie reizt.

Seine letzte Freundin hat er in einem Strip-Club kennen gelernt und seine Ex-Frau ist vor der Hochzeit ein hoch bezahltes Escort gewesen. Ihm haben schon immer mehr die verruchten Frauen gefallen, die sich auffällig

kleiden und mit einem Blick den
Mann um den Verstand bringen
können. Unschuldige Mauerblümchen
sind noch nie sein Fall gewesen, aber
irgendwas hat Lena an sich, was ihm
gefällt.
«Bringt mir das Mädchen noch mal!»,
ruft er durch das Telefon einem seiner
Männer zu und nur wenige Minuten
später steht Lena wieder in seinem
Büro.
«Also Lena, setz dich doch», sagt er zu
ihr und deutet auf das weiße Sofa.
«Möchtest du etwas trinken? Ein Glas
Wein vielleicht? Wodka? Saft? Limo?»,
fragt er, aber sie schüttelt nur den
Kopf.
Er sagt ihr bestimmt gleich, dass das
alles ein Riesenmissverständnis
gewesen ist und sie wieder nach Hause
darf.
«Ok. Wie du willst. Wir haben dich
überprüft und scheinbar hast du mir
die Wahrheit gesagt. Das tut mir
wirklich leid, dass es zu dieser
Verwechslung gekommen ist. Daher
möchte ich mich bei dir entschuldigen.

Warst du schon mal in Russland? Du kannst gerne für ein paar Tage hierbleiben. Das hier war mal ein ehemaliges Hotel, wie du vielleicht schon erkannt hast. Ich habe es vor ein paar Jahren gekauft und dann umgewandelt. Von hier aus leite ich meine Firma und es gibt immer ein paar Schlafplätze für meine Gäste. Du würdest natürlich ein anderes Zimmer beziehen als das, was du jetzt hast», sagt er und grinst sie dabei an.

Lena ist erleichtert, dass sich jetzt doch noch alles aufgeklärt hat. Das Angebot klingt verlockend, aber sie kann unmöglich mitten im Semester für ein paar Tage fehlen.

Außerdem muss sie doch arbeiten!

«Das ist wirklich sehr nett. Aber das kann ich nicht annehmen. Ich muss zurück in die Uni und wieder arbeiten», antwortet sie höflich.

«Aber natürlich entschädigen wir dich für deinen Ausfall, den du durch uns hast. Das ist gar kein Problem und sicherlich können dir ein paar Kommilitonen auch ihre Unterlagen leihen. Ich kann dich nur leider noch nicht zurücklassen. Es gibt ziemlich viel, was wir vorher noch regeln müssen, schließlich wurdest du ja ohne dein Einverständnis einfach von meinen Männern mitgenommen und du siehst bestimmt ein, dass wir dich nicht wieder einfach so zurücklassen können. Tatsächlich ist es so, dass ich dich erstmal gar nicht gehen lassen kann. Jetzt, wo du von Katja weißt. Und die Presse wird sicherlich schnell heraus bekommen, dass das entführte Mädchen aussieht wie die Tochter meines Verräters und wird sicherlich Rückschlüsse ziehen», erklärt er ihr ruhig.

Nachdem sie anfangs noch geduldig zugehört hat, dämmert ihr langsam, wo sie sich hier befindet.

Wahrscheinlich ist er Mitglied der russischen Mafia oder einer anderen kriminellen Vereinigung. Natürlich würden sie sie nicht einfach gehen lassen können. Jetzt, wo sie ihr Geheimversteck kennt und ihren eigentlichen Plan.

Wieder macht sich Verzweiflung bei ihr breit.

Noch vor zehn Minuten hat sie gedacht, dass sie wieder zurück nach Hause kommt und plötzlich ist ihre Situation ausweglos geworden. Sie versucht sich zu beruhigen.

«Was meinen Sie denn mit ‚gar nicht gehen lassen können‘? Wie lange wird das denn ungefähr dauern?», fragt sie.

Er schaut sie intensiv an.

«Vielleicht ein paar Jahre, wenn du Glück hast. Wenn sich alles wieder schnell beruhigt und keiner mehr nach dir sucht.»

Ein paar Jahre?

Lena fühlt sich so, als ob sie auf der Anklagebank vor Gericht sitzen würde und der Richter ihr mitteilt, dass sie für ein paar Jahre ins Gefängnis gehen muss.

Dabei ist sie doch unschuldig und hat nichts gemacht!

«Normalerweise hätte ich dich schon von einem meiner Männer umlegen lassen. Das wäre die sicherste Variante für mich. Aber du hast dein ganzes

Leben noch vor dir und ich habe
meiner Mutter auf dem Sterbebett
versprochen, dass ich mich bessern
werde», fügt er beiläufig noch hinzu.
Das tröstet sie jetzt nicht. Im
Gegensatz. Das macht ihr nur noch
mal deutlich, mit was für einem
Menschen und Kriminellen sie es hier
zu tun hat.
Wieder kommen ihr die Tränen und
sie vergräbt ihr Gesicht in ihren
Händen. Viktor steht auf und ruft
nach einem seiner Mitarbeiter.
«Bring sie zurück in ihr Zimmer», sagt
er und steht auf.
Nachdem Lena weg ist, klopft es
erneut an seiner Tür und Dimitri tritt
herein.
«Sollen wir uns um das Mädchen
kümmern, Boss?», fragt er in einem
geschäftsmäßigen Ton.
Viktor hat ihn und seinen Bruder
Vitali vor ein paar Jahren eingestellt
und sie gehören inzwischen zu seinen
besten Männern. Ihm ist schon vor
langer Zeit aufgefallen, dass die beiden,
obwohl sie Brüder sind, total

unterschiedlich sind. Während Dimitri Typ knallharter Türsteher ist, wirkt Vitali viel sanfter, einfühlsamer und vernünftiger. Deswegen schickt er die beiden immer gerne zusammen los, weil sie sich gut ergänzen und gemeinsam immer gute Arbeit vollbringen. Dass die beiden ihm jetzt das falsche Mädchen hergebracht haben, liegt zwar an den Männern, die sie ausfindig machen sollten, aber auch an ihnen, weil sie nicht richtig aufgepasst und beobachtet haben. Viktor überlegt, schüttelt dann aber den Kopf.

«Nein. Mir gefällt sie irgendwie. Ich will sie noch eine Weile hierbehalten. Wir können sie sowieso nicht zurück nach Hause schicken, aber ich glaube, es wäre auch eine Verschwendung, sie einfach loszuwerden. Ich habe etwas anderes mit ihr vor», sagt er und geht noch mal ihre Bilder durch.

# Verführt

«Was sagst du zu ihr? Gefällt sie dir
auch?», fragt er Dimitri und reicht ihm
die Bilder.
Er betrachtet sie und schüttelt nur mit
dem Kopf.
«Nein. Viel zu jung und mädchenhaft.
Ich bevorzuge richtige Frauen»,
antwortet er und legt die Bilder zur
Seite.
«Ja, ich normalerweise auch. Aber die
langweilen mich. Die kommen her,
wollen dich sofort verführen und das
war es. Ich will mal wieder die
Herausforderung spüren. Außerdem
träume ich schon lange davon, so ein
junges Ding wie sie so richtig zu
verderben. Meinst du, das würde mir
gelingen?», fragt er.
«Sie können es versuchen, Boss. Aber
es wird bestimmt schwer», antwortet
Dimitri und läuft wieder davon.
Viktor bleibt in seinem Büro zurück
und überlegt, wie er das anstellen
könnte. Er hat in seinem recht

aufregenden Leben schon viele Frauen gehabt. Denn immer wenn sie gehört haben, wie viel Macht und Geld er hat, haben sie sich ihm geradezu vor die Füße geworfen. Natürlich hat er diese Aufmerksamkeit immer genossen und hat keine Gelegenheit verstreichen lassen, aber er ist jetzt bereit für etwas Neues.

Er verlässt sein Büro und steigt nun selbst die Treppen in das zweite Stockwerk hoch, um Lena zu besuchen.

Er klopft an ihre Tür und wartet, bis sie ein leises «ja?» von sich gibt, bevor er eintritt.

Als sie sieht, wer da vor ihr steht, richtet sie sich augenblicklich auf. Vielleicht hat er dieses Mal ja gute Neuigkeiten für sie.

«Hallo Lena», sagt er und schließt die Tür hinter sich.

«Ich möchte dich nicht wie eine Gefangene behandeln. Du bist mein Gast, weswegen ich ein Zimmer im ersten Stock für dich vorbereiten lasse. Du musst mich natürlich auch

verstehen, dass ich dich nicht so einfach gehen lassen kann und es ist auch für dich das Beste, wenn du dich meinen Regeln fügst. Ich kann dir daher nicht erlauben, dass du Kontakt zu deiner Familie oder deinen Freunden aufnimmst. Ich erlaube dir aber, dass du das Haus verlässt. Jedoch nur in Begleitung einer meiner Männer, die auf dich aufpassen. Ich werde dir jede Woche etwas Geld zur Verfügung stellen, mit dem du machen kannst, was du willst. Du wirst hier ein schönes Leben haben, das verspreche ich dir und irgendwann kannst du dann zurück zu deiner Familie gehen», erklärt er ihr ruhig und sachlich.
Lena schaut ihn ruhig an.
Soll das jetzt etwa ihre einzige Möglichkeit sein?
In einem Land zu leben, dessen Sprache sie nicht spricht, ohne hier jemanden zu kennen? Sie denkt an ihre Familie und ihre Freunde, die sich bestimmt furchtbare Sorgen um sie machen werden und wieder kommen ihr die Tränen.

Dieses Mal steht Viktor nicht auf und schickt sie davon, sondern kramt in seiner Tasche und gibt ihr ein Taschentuch. Er scheint wirklich aufrichtig zu sein und versucht es ihr so angenehm wie möglich zu machen.

«Uns ist da wirklich ein dummer Fehler passiert. Aber das ist jetzt leider die einzige Möglichkeit, die du hast», fügt er noch hinzu.

Daher bleibt Lena jetzt keine andere Wahl mehr als zuzustimmen. Zaghaft nickt sie und versucht sich mit ihrem Schicksal abzufinden. Vielleicht wird es auch gar nicht so schlimm.

«Sehr gut! Dann sage ich direkt jemandem Bescheid, der dich dann später in dein neues Zimmer führen wird!», sagt er, während er aufsteht und das Zimmer wieder verlässt.

«Die Tür ist übrigens auf. Du kannst dich hier frei im Haus bewegen. Die Ausgänge sind natürlich bewacht, für den Fall, dass du dich heimlich rausschleichen willst», ergänzt er noch.

Lena bleibt zurück in ihrem Zimmer und denkt noch einmal über ihre Situation nach.

Gestern erst hat sie ältere Ehepaare in einem Restaurant bedient, sich über das viele Trinkgeld gefreut und ist fleißig in die Uni gegangen, um irgendwann mal Lehrerin an einer Grundschule zu werden. Sie hat sich ihr Leben immer sehr einfach vorgestellt und hat sich ausgemalt, dass sie während des Studiums einen netten Freund kennen lernt, mit dem sie danach zusammen zieht und ihn vielleicht sogar mal heiratet.
Nachdem sie mit ihrem Referendariat fertig ist und die Probezeit überstanden hat, würde sie sich dann voll und ganz auf das Kinderkriegen konzentrieren und für ein paar Jahre in der Schule aussetzen. Bis ihre eigenen Kinder groß genug sind, um selbst in die Schule zu gehen.
Das ist immer ihr Plan gewesen und plötzlich schien der so weit weg zu sein.

Wie soll sie denn jetzt ihr Studium beenden, wenn sie hier in Russland gefangen ist?

Bevor sie sich wieder auf ihr Kissen stürzen, um zu heulen, wird ihre Tür geöffnet. Eine ältere Dame, wahrscheinlich um die 50 schaut herein und spricht sie auf Russisch an. Lena versteht kein Wort und guckt sie nur fragend an.

«Du Lena?», fragt die Frau sie und Lena nickt.

«Du mitkommen», sagt sie anschließend und läuft davon. Schnell steht Lena auf und folgt der kleinen, rundlichen Frau, die einen lilafarbenen Pullover sowie einen schwarzen, knielangen Rock trägt. Sie führt sie ins erste Stockwerk und läuft nun in einen anderen Gang als vorhin. Das Haus ist wirklich riesig und Lena kann sich gut vorstellen, dass das früher mal ein Hotel gewesen ist. Die Frau bleibt vor einer hölzernen und kunstvoll verzierten Tür stehen. Sie öffnet sie leicht und drückt Lena dann herein.

«Das dein», sagt sie und deutet auf das großzügige Zimmer.

Langsam tritt Lena ein und kann ihren Augen kaum trauen. Sie steht in einem wunderschönen Zimmer mit hohen Decken und einem alten Parkettboden. Auf dem Boden liegt ein flauschiger Teppich und direkt davor steht ein grüner Samtsessel. In der Mitte des Raumes steht ein großes Himmelbett mit vielen Kissen, wie man es meistens aus 5-Sterne Hotels kennt. Ein Schrank sowie eine Kommode sind vorhanden sowie ein Flatscreen-TV, der an der Wand hängt. Es gibt einen kleinen Kühlschrank, der mit Getränken gefüllt ist und durch eine Tür kommt sie in ein ebenfalls großzügiges Badezimmer mit einer Regenwalddusche, einer großen Badewanne und zwei Waschbecken. Im Regal türmen sich nicht nur Handtücher, sondern auch diverse Körperpflegeartikel.

«Wow!», sagt sie und kommt sich plötzlich vor wie im Film.

«Gut?», fragt die Frau und Lena nickt ihr strahlend zu.

«Ja, gut!», ruft sie und lässt ihre Hand über die Möbel wandern.

«Essen 19 Uhr», sagt die Frau noch und läuft dann raus.

Neugierig öffnet Lena ihren Schrank. Sie erwartet gar nicht, dass etwas darin liegt, aber das hat sie damals in den Ferienwohnungen mit ihren Eltern auch schon immer so gemacht.

Umso überraschter ist sie jetzt, dass in dem großen Kleiderschrank jede Menge Kleider hängen.

Vorsichtig betrachtet Lena eins nach dem anderen und kann ihren Augen kaum trauen, als sie dort ein Designerstück nach dem anderen findet. Sie schaut auf die Größen und ist nicht verwundert, dass es ihre ist. Wahrscheinlich will ihr Viktor den Aufenthalt tatsächlich so angenehm wie möglich machen.

Sie öffnet eine weitere Schublade in dem Schrank und findet dort einen Haufen Dessous und normale Unterwäsche wieder.

Fasziniert nimmt sie die feinen Stücke in die Hand. So etwas hat sie noch nie besessen. In ihrem Schrank gibt es ausschließlich schwarze und weiße Baumwollslips, die höchstens mal mit Streifen oder Sternen bedruckt sind. Aber die hier bestehen aus weißer, roter oder schwarzer Spitze, sind kunstvoll bestickt und mit vielen Schnüren verziert.

Lena legt sich einen roten Spitzentanga sowie den passenden BH auf das Bett und entscheidet sich für ein einfaches, schwarzes Kleid, das recht eng anliegt. Anschließend geht sie in ihr großes Badezimmer und stellt die Dusche an. Sie fühlt sich schmutzig, schließlich hat sie seit gestern Morgen die gleichen Klamotten an und sich zwischendurch nicht gewaschen.

Sobald sie das warme Wasser auf ihrer Haut spürt, entspannt sie sich ein wenig.

Vielleicht wird es ja gar nicht so schlimm, wie sie denkt und vielleicht muss sie auch gar nicht so lange bleiben, wie Viktor behauptet hat.

Sie beschließt, sich erstmal darauf einzulassen und das Beste daraus zu machen. Etwas anderes bleibt ihr eh nicht übrig.

Sie nutzt die Kosmetikprodukte im Badezimmer und schlüpft anschließend in ihre neuen Kleider. Alles passt wie angegossen und sie fühlt sich plötzlich ganz anders.

Aufmerksam betrachtet sie sich im Spiegel und sieht auf einmal eine ganz andere Frau vor sich. Vorher ist sie ein unscheinbares Mädchen gewesen und durch die Dessous und das enge, teure Kleid fühlt sie sich auf einmal wie eine Frau.

Sie öffnet einen weiteren Schrank und findet dort einen Haufen Schuhe drin.

«Wow» murmelt sie, als sie die vielen Highheels und Stiefel darin findet.

Aber auch ganz normale flache Sneaker sind dort vorhanden und Lena kommt sich vor, als ob sie sich in einer kleinen Boutique statt in ihrem eigenen, neuen Zimmer befindet.

Sie entscheidet sich für ein paar Pumps, das gut zum Kleid passt und

schaut dann auf ihre neue
Armbanduhr, denn Viktor hat auch
nicht mit den Accessoires gegeizt. In
einer Schublade hat sie neben Gürteln
auch Schmuck und Uhren gefunden.
Sogar Taschen liegen darin.
«Dann wollen wir mal», sagt sie zu sich
selbst und öffnet die Tür.
Sie ist tatsächlich nicht verschlossen.
Sie irrt durch den langen Gang, bis sie
irgendwann einen kleinen Raum
findet, in dem ein großer, gedeckter
Esstisch steht.
Vorsichtig läuft sie rein.
«Hallo Lena», sagt eine tiefe Stimme
und sie zuckt augenblicklich
zusammen.
Hinter ihr steht Viktor, der sie mit
einem zufriedenen Gesichtsausdruck
mustert.
«Wie ich sehe, hast du dich bereits ein
wenig in deinem neuen Zimmer
umgesehen. Das Kleid steht dir
ausgezeichnet. Ich hoffe, der Rest der
Sachen gefällt dir auch?», fragt er.
Lena bleibt sprachlos vor ihm stehen.

Er sieht wirklich unverschämt gut aus
in seinem grauen Anzug und durch
seine männliche Statur strahlt er eine
natürliche männliche Dominanz aus,
die Lena irgendwie anmacht.
«Ähm ja. Die neuen Sachen gefallen
mir alle wirklich sehr gut. Vielen
Dank», erwidert sie und bleibt
unsicher im Raum stehen.
«Setz dich doch», sagt er und deutet
auf den Stuhl. «Ich hoffe, du hast
nichts dagegen, wenn ich dir heute
Gesellschaft leiste.»
«Natürlich nicht», antwortet sie und
lässt sich nervös auf dem Stuhl ihm
gegenüber nieder.
«Sehr schön. Bist du Vegetarierin?
Veganerin? Hast du irgendwelche
Unverträglichkeiten?», will er von ihr
wissen, aber Lena schüttelt nur den
Kopf.
«Sehr gut. Dann wird es dir hoffentlich
schmecken.»
Kaum als er das ausgesprochen hat,
kommen zwei Männer in den Raum
und servieren den Beiden ihr
Abendessen. Es gibt eine Vorspeise, die

aus einem kunstvoll angerichteten
Salat besteht. Anschließend ein Steak,
das so zart ist, wie Lena es noch nie
zuvor erlebt hat und zum Schluss ein
Dessert mit viel Schokolade.
Während des Essens zeigt sich Viktor
interessiert und fragt Lena über ihr
bisheriges Leben aus. Er schenkt ihr
immer wieder Wein nach, was dafür
sorgt, dass sie immer lockerer wird und
ihm all seine Fragen ausführlich
beantwortet.
«Wollen wir unser Gespräch nicht in
ein gemütlicheres Zimmer verlagern?»,
fragt er sie, als das Essen abgeräumt
wird.
Lena nickt nur und lässt sich von ihm
aufhelfen. Ihre Arme und Beine fühlen
sich durch den Wein schon ganz
schwer an und sie ist froh, dass sie sich
bei ihm abstützen kann. Dabei
bemerkt sie erst, wie gut er duftet und
wie stark sein Körper sich anfühlt,
wenn sie sich daran festhält.
Er führt sie in das Nebenzimmer, das
viel kleiner als das Esszimmer ist und
in dem nur ein großes Bücherregal

sowie ein Sofa und ein Kamin stehen, in dem ein kleines Feuer brennt.

«Möchtest du noch ein Glas Wein?», fragt er Lena, aber sie schüttelt nur mit dem Kopf und lässt sich auf das Sofa fallen.

Viktor setzt sich direkt neben sie und beginnt ihr die Schuhe von den Füßen zu ziehen, damit sie ihre Beine auf die Sitzfläche ablegen kann. Er kommt ihr dabei immer näher und fängt an erst über ihre Waden zu streicheln, bis er Stück für Stück immer höher wandert. Lena genießt seine Streicheleinheiten sehr. Es fühlt sich angenehm an, wie er mit seinen großen Händen über ihre nackte Haut fährt und sie verspürt einen wohligen Schauer.

«Mhh…» stöhnt sie leise und hält Viktor nicht davon ab, sie immer weiter zu streicheln bis er seine Hand irgendwann zwischen ihren Beinen hat.

Zufrieden grinst er, als er die feine Spitze an seinen Fingern spürt und fährt vorsichtig darüber, was Lena nur noch mehr zum Stöhnen bringt.

Er kommt mit seinem Gesicht ihrem immer näher, betrachtet zunächst nur, wie sie ihre Augen vor Genuss schließt bis er seine Lippen auf ihre legt und beginnt sie zu küssen.

Lena lässt sich auf den Kuss ein, legt ihre Arme um seine Schultern und lässt sich von ihm auf seinen Schoß ziehen. Er umschließt ihren Oberkörper mit seinen starken Armen und zieht sie noch näher an sich. Durch den Alkohol ist sie so ungehemmt, dass sie sich sehnsüchtig an seinem Schwanz reibt, der unter ihr immer härter wird.

Viktor zieht an dem schwarzen Stoff ihres Kleides und streift ihn langsam über ihren Körper. Er berührt ihre weiche Haut überall und fährt immer wieder vorsichtig über den roten Spitzenstoff bis er Lena wieder von sich runter drückt, um sich selbst seine Hose zu öffnen und langsam runter zu ziehen. Erregt schaut Lena ihm dabei zu und sieht seinen großen, harten Schwanz vor ihm.

Sie hat bisher noch nicht so viele
Erfahrungen mit Männern sammeln
können, weiß aber, was sie zu tun hat.
Sie kniet sich vor ihm nieder, nimmt
seinen Prügel in die Hand und fährt
damit langsam rauf und runter.
«Nimm ihn in den Mund», sagt er
bestimmend zu ihr, weswegen sie sich
mit ihrem Gesicht zu ihm nach unten
beugt und mit ihrer Zunge über seine
Schwanzspitze fährt.
Das hat sie vorher noch nie gemacht
und ist sich etwas unsicher. Viktor
nimmt daher ihr Gesicht in die Hand
und dirigiert sie. Er schiebt ihren
Mund langsam auf seinen Schwanz, so
dass er immer tiefer in ihr
verschwindet. Danach zieht er ihren
Kopf wieder hoch und drückt ihn
wieder runter.
«Mund schön auflassen», sagt er,
während er sie weiterhin hoch und
runter drückt und das Tempo selbst
bestimmt.
Lena hält sich mit ihren Händen am
Sofa fest und lässt ihn einfach machen.
Er lockert seinen Griff, woraufhin sie

eigenständig weiter macht und seinen Schwanz tief in ihrem Mund aufnimmt und anschließend wieder rauslässt. Dann fährt sie mit ihrer Zunge über seinen Schaft bis hoch zu seiner Spitze und nimmt ihn wieder tief auf.

«Mhh … das machst du gut», lobt er sie und legt seinen Kopf nach hinten, um das Ganze noch besser genießen zu können.

Irgendwann stoppt er sie aber.

«Nun steh wieder auf und leg dich mit deinem Oberkörper über die Sofalehne, so dass mir dein Arsch entgegen gestreckt wird», sagt er und hilft ihr hoch.

Er befreit sich von seiner Kleidung und beobachtet erregt, wie Lenas zierlicher Körper sich auf dem Sofa vor ihm präsentiert und ihr knackiger Po in dem roten Spitzentanga vor ihm liegt. Vorsichtig streichelt er über ihren Körper und zieht ihr dann den feinen Stoff von der Hüfte. Mit den Fingern kontrolliert er, ob sie bereits feucht ist und als er spürt, dass sie schon nass ist,

packt er sie an der Hüfte und zieht sie
näher zu sich. Er legt seinen Schwanz
an ihre Muschi und drückt ihn
langsam in sie rein, woraufhin sie laut
aufstöhnt. Sie hatte zwar schon Sex,
aber der Prügel ihres damaligen
Freundes war nicht annähernd so groß
wie der von Viktor.

Als er komplett in ihr steckt, verharrt
er für einen Augenblick, um die Enge
zu genießen. Lena ist wirklich sehr
schmal gebaut, was er nun deutlich zu
spüren bekommt. Langsam bewegt er
sich wieder raus und drückt ihn dann
wieder vorsichtig rein, bis er das
Tempo erhöht und immer schneller
und härter zustößt. Lena stöhnt und
keucht.

Sie will ihm unbedingt gefallen, auch
wenn sie Probleme mit seiner Größe
hat und es unangenehm für sie ist,
andererseits gefällt es ihr auch, dass er
sie so hart fickt.

Viktor beschleunigt noch einmal, hält
sie nun fester und stößt ihr seinen
Schwanz tief in ihre nasse Muschi bis
er sich nicht mehr länger zurückhalten

kann und kommt. Seinen Saft schießt
er dabei tief in sie und atmet
anschließend tief durch. So intensiv ist
er schon lange nicht mehr gekommen.
Langsam löst er sich wieder von ihr
und sammelt seine Sachen zusammen.
«Das war großartig. Aber ich habe
noch ein paar wichtige Anrufe, die ich
jetzt unbedingt erledigen muss. Wir
sehen uns dann morgen wieder», sagt
er und verlässt dann den Raum.
Sprachlos bleibt Lena zurück und zieht
sich ihre Sachen wieder an. Sie setzt
sich noch einmal auf das Sofa und
beobachtet die Flammen im Kamin.
Eigentlich würde sie sich jetzt benutzt
vorkommen, gleichzeitig hat sie es aber
auch irgendwie angemacht, dass er sie
einfach nur zu seinem Vergnügen
gefickt hat ohne dabei auf sie zu
achten. Es hat ihr viel besser gefallen,
als der Sex mit ihrem damaligen
Freund, der super vorsichtig gewesen
ist und ihr alles Recht machen wollte.
Sie zieht sich noch einmal den Slip aus,
setzt sich auf das Sofa und beginnt mit
ihren Fingern durch ihre nasse Muschi

zu fahren. Das Gefühl, das klebrige
Sperma von Viktor an sich zu spüren,
macht sie noch etwas geiler und sie
beginnt sich selbst zu streicheln.
Immer wieder fährt sie durch ihre
nasse Spalte und reibt sich dabei ihren
Kitzler, bis sie schneller wird und ihn
dadurch noch mehr reizt. Sie spürt,
wie der Orgasmus sich nähert und
macht immer weiter bis sie das warme
Gefühl erfasst und sie zufrieden
aufstöhnt, als sie endlich kommt.
Sie bleibt noch ein wenig auf dem Sofa
liegen, beobachtet weiterhin die
Flammen, bevor sie sich dann wieder
zurück auf den Weg in ihr neues
Zimmer begibt.
Vielleicht werden die nächsten
Wochen, Monate oder Jahre hier doch
nicht so schlimm.
Auf dem Weg zu ihrem Zimmer
begegnet sie Vitali, der gerade auf dem
Weg zu Viktor ist und sie nun
interessiert mustert.
Er sieht die Pumps an ihren nackten
Füßen, ihre nackten, schlanken Beine
und ihren wohl proportionierten

Körper in dem engen Kleid und fragt
sich, ob das wirklich das unscheinbare
Mädchen ist, was er noch vor einem
Tag in einem biederen Restaurant
gesehen hat.
Schüchtern wirft sie ihm einen Blick
zu, den er mit einem Nicken erwidert
und dann weiter läuft.
Er öffnet die Tür zu Viktors Büro, der
sich gerade ein Glas Wodka
einschenkt.
«Hallo Vitali!», begrüßt er ihn
freundlich und stellt direkt noch ein
zweites Glas bereit.
«Hallo Boss!», sagt er und nimmt das
Glas höflich entgegen. Sie stoßen an
und kippen beide die klare Flüssigkeit
in einem Schluck runter.
«Was hast du mit dem deutschen
Mädchen vor?», fragt er neugierig und
lässt sich auf dem Sofa nieder, während
Vitali beschäftigt durch sein
großzügiges Büro läuft.
«Ach irgendwie habe ich Gefallen an
ihr gefunden und ich denke, ich werde
sie erstmal zu meinem eigenen
Vergnügen behalten. Ich habe ihr das

beste Zimmer gegeben, ihr einen Haufen der unbenutzten Kleider meiner Exfrau ins Zimmer bringen lassen und habe heute mit ihr zu Abend gegessen. Danach habe ich sie verführt und sie hat alles mit sich machen lassen. Mit etwas Zeit wird sie eine sehr gute Sexsklavin abgeben und dann war euer Fehltritt doch nicht so katastrophal», sagt er zufrieden.

Bei Vitali dagegen schleicht sich ein schlechtes Gewissen ein, schließlich haben er und sein Bruder dafür gesorgt, dass ein unschuldiges Mädchen aus ihrem Umfeld gerissen und in ein fremdes Land gebracht wurde.

Nun soll sie auch noch als Sexsklavin dienen?

Seine Bedenken kann er seinem Boss gegenüber natürlich nicht zeigen.

Schließlich ist es ja seine Schuld, dass sie nun hier ist.

Stattdessen gratuliert er ihm nur zu diesem guten Plan.

«Ich habe sie eben gesehen, wie sie in ihr Zimmer gelaufen ist. Die Kleider

hast du wirklich gut für sie
ausgesucht», sagt er und Viktor dreht
sich zu ihm um.
«Ja, habe ich mir auch gedacht. Ich
werde sie sicherlich auch dazu
bekommen, dass meine
Geschäftspartner sich ebenfalls mit ihr
vergnügen dürfen. So ein junges,
unschuldiges Ding kommt auch viel
besser an als die aufgetakelten
Prostituierten, die ich dafür sonst
immer einlade», führt er weiter aus,
was Vitali noch mehr schockiert.
Aber er lässt sich nichts anmerken.
Während Vitali Viktor darüber
aufklärt, dass sie zu der richtigen Katja
keine Spur gefunden haben, sitzt Lena
wieder in ihrem Zimmer. Sie hat den
Fernseher eingeschaltet und ist froh,
dass sie über einen Streamingdienst
verfügt, der ihr nicht nur russische
Sendungen zeigt. Sie entscheidet sich
für ihre Lieblingsserie und lässt eine
Folge davon laufen, während sie sich
auszieht und unter die Dusche springt.
Mit einem Handtuch bekleidet, läuft
sie zu ihrem Kleiderschrank und wählt

ein schwarzes Negligé aus weicher
Seide aus, dass sie sich über den Körper
streift. Sie schafft es nicht mal, die
Folge ganz zu gucken, bevor sie in
einen tiefen Schlaf fällt.
Als sie am Morgen mit großem
Hunger wieder aufwacht, wirft sie sich
ihren flauschigen Bademantel über,
schlüpft in ihre Pantoffeln und will
sich gerade auf die Suche nach dem
Speisesaal begeben, bis sie feststellt,
dass vor ihrer Tür eine voll beladener
Servierwagen steht.
Neugierig öffnet sie die silberne Haube
und sieht eine Portion gebratener Eier
und Speck darauf. Außerdem reichlich
Käse und Wurst sowie Brötchen,
frischer Orangensaft und Kaffee.
Hungrig schiebt sie den Wagen in ihr
Zimmer und macht sich über das
Essen her.
Als sie fertig ist, sich angezogen und
ihre Haare gekämmt hat, überlegt sie,
was sie als Nächstes machen kann.
Normalerweise würde sie jetzt in die
Uni oder zur Arbeit gehen oder sich

mit ihren Freundinnen treffen, aber
das alles ist hier nicht möglich.
Sie beschließt also, sich in dem großen
Haus umzusehen und hofft heimlich
darauf, dass sie dabei auf Viktor trifft.
Und als ob er ihre Gedanken lesen
kann, steht er plötzlich im Flur, als sie
ihr Zimmer verlässt.
«Hallo Lena! Hat dir das Frühstück
geschmeckt?», will er von ihr wissen
und strahlt sie dabei an.
«Ja, danke. Das war wunderbar»,
antwortet sie.
Sein Anblick schüchtert sie immer
noch ein wenig ein und sie wünscht
sich, dass er sie an die Hand nimmt, in
ein anderes Zimmer führt und über sie
herfällt. Aber das passiert nicht.
Stattdessen schlägt er ihr vor, in die
Stadt zu fahren, um sich ein wenig
umzuschauen oder passende Kleidung
zu kaufen.
«Vielleicht möchtest du ja auch ein
paar Jeans und normale T-Shirts
kaufen. Die Sachen in deinem Schrank
sind ja schon ein wenig …

extravagant», sagt er nicht ohne Hintergedanken.

Ihm gefällt es nämlich, wenn sie sich wie das normale Mädchen von nebenan kleidet und auch seine Geschäftspartner würden dann eher glauben, dass sie keine Professionelle ist. Da ihr nichts einfällt, was dagegen spricht, stimmt sie zu.

«Wunderbar! Ich sag Vitali Bescheid. Er wird dich begleiten», sagt er und geht davon.

Verloren bleibt Lena in dem Flur stehen und weiß nicht, wo sie jetzt hingehen soll. Daher beschließt sie, noch ein wenig durch das Haus zu laufen und sieht sich im Erdgeschoss die vielen Gemälde an den Wänden an, bis sie von einem Räuspern unterbrochen wird.

Sie dreht sich um und hinter ihr steht Vitali, der sie erwartungsvoll anguckt.

«Können wir?», fragt er und reicht ihr eine Jacke.

«Es ist kalt draußen», erklärt er, als er ihren fragenden Blick sieht.

Sie zieht die dicke Daunenjacke an
und folgt dem großen Mann dann
nach draußen zu einem schwarzen
Auto. Er öffnet die Tür, lässt sie
einsteigen und setzt sich dann auf die
andere Seite der Hinterbank. Dann
sagt er irgendwas auf Russisch zu dem
Fahrer, der daraufhin losfährt.
Sie fahren in die nächste Großstadt
und steigen an einer belebten
Einkaufsstraße aus dem Auto wieder
aus. Lena kann ihren Augen kaum
trauen, als sie die hohen Häuser und
vielen Menschen auf den breiten
Straßen sieht.
Im Urlaub ist sie mit ihren Eltern
bisher nur an der Nordsee gewesen. Sie
mögen keine Großstädte, weswegen
Lena, bis auf ein paar Ausflüge mit der
Schule, nie in einer gewesen ist.
«Wo möchtest du als Erstes hin?», fragt
Vitali sie und Lena schaut sich verwirrt
um.
Sie sieht einen Laden, den sie auch aus
Deutschland kennt und zeigt darauf.
Vitali wartet bis Lena losläuft und folgt
ihr dann. Er hat sie immer im Blick

und bleibt stets in ihrer Nähe als sie in
den Laden kommen und sie sofort die
Jeansabteilung ansteuert. Selbst wenn
sie es will, hat sie keine Chance ihm zu
entkommen und einfach wegzulaufen.
Also sucht sie konzentriert eine Hose
nach der anderen heraus und findet
auch ein paar T-Shirts und Pullover,
die ihr gefallen.
«Wie viel kann ich mir denn
aussuchen?», fragt sie ihn, aber der
zuckt nur mit den Schultern.
«Ich denke, so viel wie du willst»,
antwortet er.
«Dann will ich noch in einen anderen
Laden», sagt sie entschlossen und läuft
an die Kasse, wo Vitali die Kreditkarte
von Viktor zückt und alles bezahlt.
Nach drei Stunden haben sie einige
Läden abgeklappert und den ganzen
Kofferraum mit Tüten vollgeladen.
«Ich denke, ich bin fertig», sagt Lena
unsicher. So viel hat sie in ihrem
ganzen Leben noch nicht gekauft, weil
sie sich nie wirklich für Mode
interessiert und ihr Geld lieber für

anderes ausgegeben hat, aber irgendwie
hat sie Spaß daran.
Sie kehren zurück und der Fahrer
sowie Vitali bringen ihre neuen Sachen
in ihr Zimmer. Wieder hält Lena
Ausschau nach Viktor und hofft, dass
sie ihm heute noch begegnet. Aber
dann hört sie mehrere Stimmen aus
seinem Büro und gibt die Hoffnung
darauf auf, weil er beschäftigt klingt.
Sie sieht dabei zu, wie eine der
Haushälterinnen ihre neuen
Klamotten von den Etiketten befreit
und sorgfältig in ihren Schrank
einsortiert bis es an der Tür klopft und
Viktor zum Vorschein kommt.
«Hallo Lena, ich hoffe, der kleine
Stadtbummel hat dir Spaß gemacht.
Wenn du möchtest, kannst du gerne
was von deinen neuen Sachen anziehen
und mir Gesellschaft leisten. Ich habe
ein paar Gäste da, die große
Deutschlandfans sind. Du kannst
ihnen sicherlich einiges erzählen», sagt
er und Lena nickt begeistert.
Sie sucht sich ihre Lieblingsjeans raus,
trägt dazu ein enges Top und schlüpft

anschließend in die neuen, flachen
Ankleboots, in die sie sich auf Anhieb
verliebt hat.
Sie läuft über den Flur und klopft an,
bis sie Viktors Stimme hört, die
«herein» ruft.
Sie tritt ein und sofort richten sich
fünf Augenpaare auf sie und mustern
sie neugierig.
Auch Viktor betrachtet sie und scheint
zufrieden zu sein.
«Das steht dir wirklich viel besser als
das Kleid von gestern. Also das sah
auch gut aus, aber das passt besser zu
dir», sagt er und führt sie dann in den
Raum, um ihr die anderen Männern
vorzustellen. Sie sind alle in Viktors
Alter, tragen Anzüge und wirken
mindestens genau so vermögend wie
er.
Ihr wird ein Glas in die Hand
gedrückt, die Tür schließt sich und sie
wird dazu aufgefordert, sich doch
ebenfalls zu den Männern auf das Sofa
zu setzen …

# Gefesselt

«Komm Mädchen, setz dich zu uns!»,
sagt einer der Männer zu ihr.
Er ist ähnlich wie Viktor Anfang 40,
recht groß und wirkt in seinem
dunkelgrauen und teuren Anzug sehr
attraktiv. Sie schaut sich um und
bemerkt, dass auch die anderen vier
Männer ähnlich gekleidet sind, und
fühlt sich ein wenig eingeschüchtert.
Warum hat Viktor sie in sein Büro
rufen lassen? Wieso soll sie dabei sein,
wenn sie hier gerade wichtige
Gespräche über das Geschäft führen,
bei dem Lena doch sowieso nicht
mitreden kann?
«Möchtest du etwas trinken?», fragt
einer der Männer, steht auf und greift
nach einem kleinen Glas aus Kristall.
«Wodka?», bohrt er weiter nach, als
Lena nicht sofort reagiert.
Sie hasst Wodka, vor allem pur, aber
sie ist weiterhin so perplex, dass sie
nichts sagen kann und dabei zuschaut,
wie der Mann ihr Eiswürfel in das Glas

füllt und anschließend ein wenig Wodka drauf schüttet.

«Der beste Wodka in ganz Russland», sagt er und drückt Lena das Glas in die Hand.

Die anderen Männer heben ihre Gläser hoch, irgendjemand sagt einen Trinkspruch auf Russisch, den Lena nicht versteht und alle trinken. Nachdem sie abgesetzt haben, schauen sie Lena erwartungsvoll an.

«Was ist? Trink, Mädchen!», sagt der Mann neben ihr und ihr bleibt keine andere Wahl als das Glas anzusetzen einen großen Schluck zu trinken.

Der scharfe Wodka brennt in ihrem Mund und Hals, sie verzieht das Gesicht, kneift die Augen zusammen, woraufhin die Männer johlen.

«Du wirst dich noch daran gewöhnen», sagt Viktor, während er ihr auf die Schulter klopft.

Er zieht sie an der Hand vom Sofa runter und führt sie in den hinteren Bereich seines Büros, um etwas mit ihr zu besprechen.

«Hör mal Lena, das sind sehr wichtige Geschäftsmänner. Ich bitte dich, dass du nett zu ihnen bist und dich auf ihre kleinen Späße einlässt, in Ordnung?», flüstert er ihr zu und streicht dabei über ihre Wange.

Mit großen Augen schaut sie ihn an und nickt. Wie soll sie ihm auch widersprechen können, wenn er so groß und stark vor ihr steht und sein Duft ihr fast den Verstand raubt?

«Sehr gut. Sie werden dich auch alle sehr gut behandeln. Das sind wirklich gute Männer», fügt er noch hinzu und dreht sich dann wieder von ihr weg, um zu den anderen zurückzukehren.

Lena versucht sich zu sammeln und fragt sich, was er damit wohl gemeint hat. Wie nett soll sie denn zu den Männern sein? Er meint damit doch sicherlich nur, dass sie höflich auf ihre Fragen antworten soll und sich mit ihnen unterhält.

Oder etwa doch etwas anderes?

Lena setzt sich wieder auf ihren alten Platz, wo sie von den Männern bereits sehnsüchtig erwartet wird. Der Mann

neben ihr drückt ihr das alte Glas in
die Hand.
«Man sollte keinen Wodka
verschwenden!», sagt er und zwinkert
ihr zu.
Lena schaut auf das halbleere Glas,
setzt es an und trinkt es komplett aus.
«Gut so!», lobt der Mann sie, nimmt
ihr das Glas wieder weg und legt seine
Hand auf ihr Bein.
Sie spürt, wie der Wodka in ihrem
Hals brennt und wie sich die Wärme
in ihrem Körper ausbreitet, weswegen
sie der Hand auf ihrem Bein noch
nicht allzu viel Beachtung schenkt. Bis
er beginnt über ihren Oberschenkel zu
streicheln und immer höher fährt.
Lena guckt erst auf seine Hand und
dann auf den Mann, der sie lüstern
angrinst.
«Du bist wirklich ein sehr hübsches
Mädchen», sagt er und rückt noch ein
Stückchen näher.
Hilfesuchend schaut sie sich nach
Viktor um, der sie beobachtet aber
keine Anstalten macht, einzugreifen.
Stattdessen nickt er ihr ermunternd zu.

Wahrscheinlich hat er doch etwas anderes als nur Smalltalk gemeint. Lena traut sich nicht, seine Hand wieder wegzuschieben und spürt, wie er ihr immer näher kommt.

«Meinst du nicht auch, dass wir mal woanders hingehen sollten? Viktor hat mir eins seiner besten Zimmer gegeben», sagt der Mann und schaut dabei gierig an Lena rauf und runter. Noch einmal dreht sich Lena nach Viktor um und sieht, dass er sie beobachtet. Sie kann jetzt unmöglich nein sagen, weswegen sie nickt.

«Wunderbar», sagt der Mann, steht auf und greift nach Lenas Hand.

«He, wo wollt ihr hin?!», fragt einer der anderen Männer, aber Viktor hält ihn zurück.

«Du wirst auch noch dran kommen. Keine Sorge», beruhigt er ihn und schenkt ihm noch ein Glas Wodka ein. Nervös läuft Lena dem fremden Mann hinterher und wartet darauf, dass er die schwere Holztür vor ihm öffnet. Als die Tür aufgeht, erkennt sie, dass das Zimmer fast genau wie ihrs aussieht.

Überall stehen Samtmöbel, in der Mitte thront ein großes Bett und das Badezimmer ist mit Marmor ausgelegt.

«Nur das Beste für dich», sagt er und fängt an seine Krawatte zu lockern, während er immer noch gierig auf Lena blickt.

«Ich heiße übrigens Paul», erwähnt er beiläufig und macht einen Schritt auf sie zu.

Lena hat sich inzwischen damit abgefunden, dass er sie gleich berühren und wahrscheinlich auch Sex mit ihr haben wird. Er ist attraktiv, wirkt gepflegt und Viktor würde sicherlich auch nicht zulassen, dass er ihr irgendetwas antut.

«Zieh dich doch mal aus», sagt Paul dann mit einem bestimmenden Tonfall, dem sich Lena sofort beugt. Sie streift die Boots von ihren Füßen und fängt an, sich das enge Shirt über den Kopf zu ziehen. Paul hat sich währenddessen auf einen der Sessel gesetzt und beobachtet sie.

«Langsamer», sagt er und öffnet dabei seinen Gürtel und den Reißverschluss.

Lena sieht, wie er seinen großen, harten Schwanz rausholt und beginnt ihn zu wichsen.

Sie ist froh, dass sie sich heute noch einmal für die Spitzenwäsche entschieden hat und nicht für die ollen Baumwollsachen, die sie sich aus Bequemlichkeit neu gekauft hat.

Langsam streift sie sich die enge Jeans von den Beinen und bleibt erwartungsvoll vor ihm stehen.

«Weiter», sagt er nur.

Lena greift hinter sich an den Verschluss ihres BHs und knöpft die zwei Haken auf. Sie streift sich die Träger von den Schultern und lässt das hauchzarte Stück Stoff auf den Boden fallen. Erregt starrt Paul auf ihre Brüste, während er immer noch seinen Schwanz in der Hand hält.

«Und jetzt der Tanga», sagt er.

Lena packt die dünnen Träger und schiebt ihn sich von der Hüfte bis auf den Boden.

«Dreh dich um», befiehlt er ihr und langsam dreht sich Lena.

«Knie dich aufs Bett», hört sie ihn sagen und macht, was er will.
Langsam klettert sie auf die hohe Matratze und streckt ihm ihren Arsch entgegen. Sie kann hören, dass er vom Sessel aufgestanden ist und sich jetzt langsam ihr nähert. Dann spürt sie seine Hand auf ihrer nackten Haut. Er fährt ihre Oberschenkel hoch, bis er ihren Po erreicht, wo er mit kreisenden Bewegungen drüber streicht. Das wiederholt er auf der anderen Seite bis er ihren Schritt erreicht und langsam seine Finger durch ihre Spalte zieht.
«Mhh…da freut sich wohl jemand», sagt er zufrieden, zieht seine Finger wieder zurück und betrachtet Lenas Saft an seiner Hand.
Lena kann sich nicht erklären, wie das passiert ist, aber wahrscheinlich macht sie die Situation ihm so ausgeliefert zu sein, unglaublich an.
Sie spürt noch einmal, wie seine Hand durch ihre Spalte fährt und sie am Kitzler berührt. Langsam beginnt er daran zu reiben, sie schließt dabei ihre Augen und stöhnt leise.

«Oh … dir scheint es wohl zu gefallen. Ich mag, wie zurückhaltend du bist. Sonst hat Viktor immer nur wilde Frauen, die ganz genau wissen, was sie machen oder sagen sollen, um uns Männer in Fahrt zu bringen. Aber ich mag es, dass du so schüchtern bist und es so wirkt, als ob du alles einfach nur über dich ergehen lässt, obwohl es dich in Wirklichkeit total geil macht», flüstert er ihr ins Ohr, während er zwei Finger tief in ihre nasse Muschi schiebt, was Lena erneut zum Aufstöhnen bringt.

Er fickt sie eine Weile mit der Hand, während er sich mit der anderen Hand die Hose runterzieht und Lena dann am Kopf packt, damit sie sich in seine Richtung dreht.

Sie sieht seinen großen Prügel, der steil von ihm absteht und weiß, was jetzt auf sie zukommt. Er dreht sie so weit, dass ihr Gesicht direkt vor seinem harten Schwanz ist.

«Mund aufmachen», sagt er in einem strengen Tonfall und automatisch

öffnet Lena ihren Mund, um seinen
großen Prügel aufzunehmen.
Er bestimmt das Tempo, indem er
ihren Kopf festhält, um sich zunächst
langsam gegen ihren Mund zu
drücken. Sie will sich gar nicht
wehren, hält einfach nur weiterhin
ihren Mund geöffnet und spürt, wie
der harte Prügel immer tiefer in ihren
Hals eindringt.
«Guck mich dabei an», sagt er und
zerrt an ihrem Kopf.
Sie schaut zu ihm hoch und sieht, wie
er zufrieden grinst.
«So ist es brav», lobt er sie und zieht
seinen Schwanz wieder aus ihrem Hals.
«Und jetzt schön stillhalten und den
Mund weit geöffnet lassen», sagt er,
bevor er seinen Prügel wieder tief in
ihren Hals schiebt.
Lena kommen die Tränen, weil er
dieses Mal so weit in sie eindringt. Sie
spürt wie er in ihre Kehle eindringt
und versucht sich zu konzentrieren,
damit der Würgereflex nicht ausgelöst
wird und hört dann wieder, wie er sagt,
dass er sie angucken soll.

«Mhh ja… so gefällt mir das», sagt er zufrieden, als er sieht, wie ihr die Tränen kommen. Wenig später zieht er sich wieder zurück und lässt Lena tief Luft holen.

«Du wirst es in den nächsten Wochen schon noch schaffen, ihn komplett aufzunehmen», merkt er an.

Diese Worte lösen bei Lena einerseits Angst aus, weil das bedeutet, dass sie auch für die nächste Zeit noch hierbleiben wird, andererseits hat es sie auch irgendwie angemacht, ihm so ausgeliefert zu sein und kann es nicht erwarten, noch mehr ähnliche Situationen zu erleben.

Sie spürt, wie er sie an den Fußknöcheln zu sich nach hinten zieht und fühlt dann etwas Hartes an ihrer nassen Muschi. Mit einem harten Stoß dringt er plötzlich in sie ein und lässt sie laut aufstöhnen.

«Mhh … geile, enge Pussy», stöhnt er, während er sich an ihrer Hüfte festhält und sie mit heftigen Stößen fickt.

Lena stöhnt jedes Mal auf, wenn er sein Becken gegen ihren Hintern

drückt und sein Schwanz komplett in ihr steckt. Sie versucht leise zu sein, kann sich ihr Stöhnen und Wimmern aber nicht mehr länger verkneifen und wird immer lauter.
Bis sie einen harten Schlag auf ihrem Arsch spürt und dabei scharf die Luft einzieht.
«Ich weiß, dass dir das gefällt. Aber ich will, dass du leise bist», sagt er und krallt sich noch einmal fester in ihre Hüften.
Lena legt ihr Gesicht auf das Bett ab und vergräbt es in der weichen Bettdecke, um ihr Stöhnen damit dämpfen zu können. Paul stößt immer fester und schneller zu und sie spürt, dass der Höhepunkt nicht mehr lange auf sich warten lässt.
Und dann ist es so weit.
Ihr ganzer Körper spannt sich an, sie versucht sich nur noch auf die harten Stöße zu konzentrieren, die jetzt genau den richtigen Punkt treffen und dann kommt sie. Ihre Finger krallt sie in die Bettdecke, während sie laut aufstöhnt und sofort wieder einen heftigen

Schlag auf ihren Arsch spürt, bevor sie dann auch Paul laut keuchen hört und merkt, dass sein warmes Sperma in ihre zuckende Muschi schießt.
Er hält sich noch für eine Weile an ihr fest, bevor er dann seinen Schwanz aus ihr zieht und von ihr wegtritt.
«Das war geil», sagt er und zieht sich seine Hose wieder hoch.
Atemlos bleibt Lena auf dem Bett liegen und sieht dabei zu, wie er sich die Krawatte bindet.
«Da vorne ist das Bad», sagt er und deutet auf die offenstehende Tür.
Schnell huscht Lena unter die Dusche, um sich seinen Saft und Schweiß vom Körper abzuduschen, bevor sie wieder in ihre Sachen schlüpft. Wieder sitzt Paul auf dem Sessel und schaut zufrieden dabei zu, wie sie sich zunächst die schwarze Spitzenunterwäsche anzieht und anschließend die enge Jeans und das enge Shirt über den Körper zieht.
«Gehen wir?», fragt er anschließend, als Lena sich auch noch die Schuhe angezogen hat und steht dann auf.

Mit zitternden Beinen folgt sie ihm
und findet sich wenig später auf dem
Sofa mit einem Glas Wodka in der
Hand wieder.
Viktor sitzt neben ihr und streichelt ihr
langsam über ihr Bein.
«Er sieht zufrieden aus. Das hast du
gut gemacht», lobt er sie, was Lena
plötzlich mit Stolz erfüllt. Auf ihrem
Gesicht breitet sich ein Lächeln aus.
«Dir wird es hier gut gehen, wenn du
so weitermachst», ergänzt er und
nimmt einen Schluck aus seinem Glas.
«Ich besuche dich später noch mal auf
deinem Zimmer. Du kannst jetzt
gehen, wenn du möchtest», sagt er und
Lena spürt, wie sich Vorfreude in ihr
ausbreitet.
Sie kann es schon jetzt kaum noch
erwarten, dass er sie später besuchen
wird.
Sie steht auf, verabschiedet sich bis
zum nächsten Mal bei den Männern
und schenkt Viktor noch ein Lächeln,
bevor sie dann zurück auf ihr Zimmer
läuft.

Dort lässt sie sich ein heißes Bad ein
und legt sich währenddessen halb
transparente Spitzendessous heraus. Sie
möchte für Viktor unbedingt perfekt
aussehen.
Sie kramt in ihren Schubladen und
findet roten Nagellack, den sie
ebenfalls bereitstellt. Außerdem noch
zahlreiche Gesichtsmasken, von denen
sie sich eine aussucht.
Sie schaltet anschließend das Radio
ein, steigt in das dampfende Wasser
und entspannt augenblicklich.
Sie hätte es vor ein paar Tagen niemals
für möglich gehalten, dass sie einmal
in so einem luxuriösen Zimmer
wohnen und sich für einen eleganten,
attraktiven und wohlhabenden Mann
zurecht machen wird.
Sie stellt sich vor, wie sie die nächsten
Monate oder gar Jahre hier verbringt
und wie sie ihn vielleicht schon bald
als ihren neuen Freund ihren
Freundinnen vorstellt.
Während sich Lena blauäugig ihre
rosige Zukunft mit Viktor vorstellt,

sitzt der noch immer mit seinen
Geschäftspartnern im Büro.
Paul hat sich neben ihn gesetzt und
will alles über Lena wissen.
«Wo hast du die Kleine gefunden?»,
fragt er interessiert.
«Ach … das war nur ein Fehler meiner
Männer. Die sollten eigentlich Katja
entführen und sie sieht ihr nun mal
sehr ähnlich. Dimitri wollte sich um
sie kümmern, aber ich dachte mir, dass
wir alle erstmal unseren Spaß mit ihr
haben können. Später kann er sie
immer noch erledigen.
Es macht Spaß sie zu ficken, oder?»,
fragt er ihn und Paul nickt begeistert.
«Sie wirkt so unschuldig und
unerfahren. Aber mit ein bisschen Zeit
wird sie eine richtig gute Sexsklavin
sein, die alles mit sich machen lässt.
Man muss sie nur ein wenig anders
behandeln als die Mädchen, die ich
sonst habe», führt er weiterhin aus.
«Also, wenn du sie irgendwann nicht
mehr brauchst, nehme ich sie gerne.
Ich mag es, wenn sie noch so

unverbraucht sind», schlägt Paul vor
und Viktor scheint zu überlegen.
«Keine schlechte Idee. Vielleicht lasse
ich sie auch am Leben und verkaufe sie
dann an den Höchstbietenden. Aber
erst will ich noch meinen Spaß mit ihr
haben», sagt er und steht dann auf.
«Ich habe jetzt noch einiges zu tun,
meine Freunde. Aber Dimitri geleitet
euch gerne in den Westflügel, wo ihr
weiterhin meinen Wodka trinken
könnt», sagt er mit einem
Augenzwinkern.
«Ich lasse auch noch gerne ein paar
Frauen zu euch bringen», ergänzt er, als
er die enttäuschten Gesichter sieht.
«Was ist mit der Kleinen von eben?»,
fragt einer der Männer.
«Um die werde ich mich jetzt
kümmern. Aber ihr werdet sie noch
häufiger sehen und die Gelegenheit
bekommen, sich von ihren Qualitäten
überzeugen zu lassen», antwortet er
und erntet dafür zufriedenes Nicken.
Lena hat sich sorgfältig abgetrocknet,
eine wohl duftende Bodylotion
benutzt und die feinen Dessous

angezogen. Darüber trägt sie einen
halb transparenten Kimono, der
erahnen lässt, was sich darunter
verbirgt. Gerade als sie sich auf ihr Bett
legen will, um auf Viktor zu warten,
klopft es an der Tür.
«Ja?», ruft sie, die Tür öffnet sich und
Viktor tritt herein.
«Ich hoffe, es ist nicht zu spät für
dich», sagt er und bemerkt erst dann,
was Lena für Klamotten trägt.
«Nein. Überhaupt nicht. Ich habe auf
dich gewartet», sagt sie selbstbewusst
und geht einen Schritt auf ihn zu.
«Das freut mich wirklich. Du siehst
gut aus», erwidert er und betrachtet sie
von oben bis unten. Er lobt sich noch
einmal selbst für die Idee, aus ihr eine
Sexsklavin zu machen. Sie eignet sich
wirklich gut dafür, und scheint in der
Rolle richtig aufzugehen.
Viktor lockert sich die Krawatte und
zieht sie anschließend aus, um damit
einen Schritt auf Lena zuzugehen.
«Wurdest du schon einmal gefesselt?»,
fragt er sie sanft und wie erwartet,
schüttelt sie den Kopf.

«Möchtest du das einmal
ausprobieren?»
Und jetzt nickt sie.
Viktor zieht an der Schleife von ihrem
Kimono und streift ihn von ihren
Schultern. Danach drückt er sie aufs
Bett, woraufhin sie sich mit dem
Rücken darauf legt. Er zieht ihre Arme
nach oben, bindet seine Krawatte um
ihre Hände und befestigt die Enden
dann am Bettgestell.
«Keine Angst. Die Fesseln sind nicht
sehr fest. Du könntest entkommen,
wenn du wolltest», sagt er zur
Beruhigung, als er die Panik in ihrem
Gesicht sieht.
Lenas Atmung wird daraufhin wieder
langsamer. Sie weiß, dass sie Viktor
vertrauen kann und er nichts
Schlimmes mit ihr anstellen wird,
daher lässt sie sich darauf ein.
Viktor fängt nun an, sich auszuziehen.
Lena beobachtet, wie er sein Hemd
aufknöpft, es abstreift und dann mit
seiner Hose weiter macht. Er steht nun
komplett nackt neben ihr und gierig

schaut sie auf seinen harten, großen
Schwanz.
Wie gerne sie den jetzt in ihr spüren
möchte.
Er steigt zu ihr auf das Bett und kniet
neben ihrem Gesicht und führt seinen
Schwanz jetzt an ihren Mund. Da er
nicht so nah kommt, um ihn
reinzuschieben, setzt er sich auf ihre
Brust, stützt sich auf seinen Beinen ab
und drückt ihr dann langsam seinen
steifen Prügel in ihren Mund.
Lena guckt ihn an, während sie seinen
Schwanz tief in ihren Hals aufnimmt,
versucht den Würgereflex zu
unterdrücken und lässt ihn immer
tiefer.
«Ja, das machst du gut», lobt er sie, was
sie erneut mit Stolz erfüllt.
Sie möchte ihm auf jeden Fall gefallen.
Viktor beschleunigt nun das Tempo,
zieht seinen Schwanz raus und drückt
ihn jedes Mal ein Stückchen tiefer bis
er es bald geschafft hat, ihn komplett
in ihren Mund zu drücken. Die Tränen
laufen ihr übers Gesicht genau so wie

ihr Sabber, der ihr unkontrollierbar über das Kinn läuft.

«Willst du für heute aufhören?», fragt er sie, aber sie schüttelt mit dem Kopf. Sie möchte noch einmal von ihm gelobt werden.

Zufrieden legt er seinen Schwanz an ihrem Mund an und drückt ihn noch einmal tief in ihren Hals. Er verharrt für einen Moment und versucht dann seinen Prügel noch tiefer zu schieben, bis Lena unter ihm zappelt und ihn flehend anschaut.

Schnell zieht er sich wieder zurück und lässt sie tief Luft holen.

«Das hast du sehr gut gemacht», sagt er und sie lächelt zufrieden.

Er löst ihre Fesseln und dreht sie dann auf den Bauch, um ihre Hüfte nach oben zu ziehen. Lena weiß, dass er sie jetzt ficken wird und freut sich schon sehr darauf.

Sie stützt sich auf ihre Unterarme ab und stöhnt genüsslich, als er seinen prallen Schwanz tief in ihre nasse Muschi stößt und sofort damit beginnt, sie mit harten und schnellen Stößen zu ficken.

Dieses Mal hält sich Lena nicht zurück, sondern stöhnt ihre Lust heraus, keucht und wimmert, wenn er besonders hart zustößt.

Plötzlich spürt sie, wie sein Finger an ihrem Arschloch herumspielt und es befeuchtet wird. Das hat bisher noch keiner bei ihr gemacht, weil sie bisher große Angst davor hatte. Aber Viktor scheint sehr vorsichtig zu sein und massiert ihr enges Loch erstmal von außen, bevor er immer wieder mit der Fingerkuppe eindringt.

«Hattest du schon anal?», fragt er Lena und sie schüttelt wahrheitsgemäß mit dem Kopf.

«Na, dann wird es Zeit», sagt er und sie zuckt zusammen, als er den ganzen Finger in ihr enges Loch bohrt.

Es fühlt sich ungewohnt an, aber irgendwie auch angenehm. Er bewegt den Finger hin und her, bis er einen zweiten folgen lässt. Der Dehnungsschmerz durchfährt ihren Körper und sie würde sich am liebsten nach vorne lehnen, um ihn zu entkommen, gleichzeitig möchte sie Viktor aber auch unbedingt gefallen, weswegen sie ruhig bleibt.

Mit beiden Fingern dehnt er sie jetzt und als er seinen Schwanz wieder aus ihrer Muschi zieht, weiß sie, dass er den jetzt an ihrem engen Arsch ansetzen wird.

«Bereit?», fragt er, als er seine Finger wieder rauszieht.

Lena möchte am liebsten den Kopf schütteln, nickt stattdessen.

Sie legt ihren Kopf auf ihre Unterarme ab, kneift die Augen zusammen und spürt, wie Viktors großer Schwanz ihr enges Loch aufbohrt. Ganz langsam drückt er sich in sie, während sie die Zähne zusammenbeißt und darauf wartet, dass er komplett in ihr steckt.

«Braves Mädchen», sagt er immer wieder, während er mit seinen Händen über ihren Arsch streichelt und dabei immer tiefer in ihren Arsch eindringt bis er endlich komplett drin steckt.

Langsam zieht er ihn fast wieder vollständig raus, um ihn dann wieder ganz reinzudrücken. So macht er eine Weile weiter, bis sich Lena an das neue Gefühl gewöhnen kann. Sie entspannt sich langsam und findet mit jedem Stoß mehr Gefallen daran.

Sie fängt an zu stöhnen, woraufhin Viktor etwas schneller wird und das Tempo beschleunigt.

Lenas Stöhnen wird lauter und schon bald fühlt es sich für sie richtig gut an und sie stemmt sich aus eigener Kraft gegen ihn, um sich noch härter von ihm ficken zu lassen.

«Mhh … dir scheint es zu gefallen», sagt er, worauf Lena nur mit einem stöhnenden «ja!», antwortet.

Er wird noch schneller, seine Stöße härter und dann spürt Lena, wie sich ein Finger an ihren Kitzler legt und er beginnt sie zu reiben. Es durchströmt sie wie ein Blitz, als sie seinen Finger an ihrer Muschi spürt, während er sie gleichzeitig fickt.

Es dauert nicht lange und sie kommt laut stöhnend und heftig zuckend. So einen intensiven Orgasmus hat sie bisher noch nie erlebt. Die nachfolgenden Stöße erlebt sie noch heftiger bis auch Viktor kommt und seinen Saft keuchend in ihren Arsch schießt.

Er krallt sich noch für einen Moment an ihrem Oberkörper fest, bevor er sich wieder aus ihr zurückzieht und sie erwartungsvoll anguckt.

«Wie war das neue Erlebnis für dich?», fragt er sie und sie muss sich erstmal wieder beruhigen, bevor sie antworten kann.

«Das war der Wahnsinn», antwortet sie zu seiner Zufriedenheit.

«Habe ich mir schon gedacht. Ich habe noch jede Menge, was ich dir gerne zeigen möchte. Aber für heute reicht das», antwortet er und löst sofort Vorfreude in ihr aus.

Was meint er damit? Was will er ihr denn noch zeigen?

Er zieht sich wieder an und drückt Lena noch einen Kuss auf die Stirn, bevor er sich bei ihr verabschiedet.

«Gute Nacht», wünscht er ihr und schließt dann die Tür.

Sie starrt ihm noch hinterher und ist etwas traurig, dass er nicht bei ihr geblieben ist. Sie hat gehofft, dass sie vielleicht die Nacht miteinander verbringen. Aber sie weiß ja, dass er noch Gäste hat und sich noch um die kümmern muss. Sie läuft ins Bad, macht sich bettfertig und schläft mit einem kribbelnden Gefühl in der Magengegend wieder ein. Sie freut sich schon jetzt auf Viktors nächsten Besuch.

Als Viktor die Tür hinter sich schließt, trifft er zufällig auf Vitali, der gerade zwei Frauen zu Viktors Geschäftspartnern geführt hat.

«Vitali», sagt Viktor, um ihn aufzuhalten. «Wie geht es meinen Freunden da drin?», will er wissen.

«Sie sind zufrieden. Ich musste ihn aber immer wieder erklären, dass das deutsche Mädchen heute Abend nicht mehr zu ihnen kommen wird. Die wollten sie unbedingt sehen», antwortet er und bemerkt, dass Viktor grinst.

«Ja, ich habe mir schon gedacht, dass
die bei den Männern sehr beliebt sein
wird. Sie macht sich auch wirklich gut.
Macht alles, was ich ihr sage. Sie wird
eine hervorragende Sexsklavin
abgeben. Paul hat mich auch noch auf
eine wirklich gute Idee gebracht: Wenn
ich erstmal mit ihr fertig bin und man
sie für alles benutzen kann, werde ich
sie an den Höchstbietenden
versteigern. Sie wird mir sicherlich jede
Menge Geld einbringen. Aber verrate
es niemanden. Alle sind weiterhin nett
zu ihr, damit sie nicht auf die Idee
kommt abzuhauen und ich sie doch
umbringen lassen muss», flüstert er
ihm zu.
Vitali bleibt schockiert stehen und
kann nicht glauben, was er da gerade
gehört hat. Er ist davon ausgegangen,
dass er sie freilassen wird, so bald sich
die Lage beruhigt hat.
Das hat sein schlechtes Gewissen
immer wieder beruhigt, schließlich ist
er mit dafür verantwortlich gewesen,
dass sie das falsche Mädchen entführt
haben. Er stellt sich vor, dass Lena an

einen reichen Scheich verkauft wird
und ihre Familie nie wieder sehen
wird.

Das kann er auf keinen Fall zulassen!
Gleichzeitig weiß er aber auch, dass er
sich Viktor nicht widersetzen sollte,
weil er sein eigenes Leben damit aufs
Spiel setzen würde. Daher nickt er nur
und lobt seinen Boss für diese
großartige Idee.

«Das ist wirklich ein guter Plan. Sie
wird Ihnen sicherlich sehr viel Geld
einbringen», sagt er und erntet dafür
einen zufriedenen Klopfer auf die
Schulter von seinem Chef.

«Ich übernehme meine Freunde jetzt.
Du kannst gerne Feierabend machen»,
sagt er und öffnet die Tür zu dem
großen Saal, wo er lautstark von seinen
betrunkenen Freunden in Empfang
genommen wird.

«Viktor!», ruft Paul, der auf einem
Sessel sitzt und den Striptease einer
halbnackten Frau genießt.

Auch die anderen sind mit Frauen
beschäftigt, die viel Make-up tragen
und knappe Glitzeroutfits an ihren

Körpern haben. Seitdem Lena da ist,
kann er sich dafür nicht mehr
begeistern und bedient sich an seinem
Barwagen, setzt sich auf einen der
Samtsessel und beobachtet seine
Freunde.
Während sich Paul damit
zufriedengibt, der Frau nur beim
Tanzen zuzuschauen, lässt sich ein
anderer einen blasen, während die Frau
von einem Weiteren von hinten gefickt
wird. Viktor stellt sich vor, dass es
Lena wäre und bekommt allein bei
dem Gedanken daran einen Harten.
Dass sich das unschuldige Mädchen
von mehreren Männern gleichzeitig
ficken lässt, stellt er sich richtig geil vor
und weiß, dass auch andere sicherlich
davon träumen würden.
«He Paul», sagt er zu seinem alten
Freund, der noch immer begeistert der
Frau zuguckt. Er dreht sich um und
schaut Viktor erwartungsvoll an.
«Was ist?», will er genervt von ihm
wissen, weil er gerade die Show
unterbricht.

«Würdest du eher ein Geschäft mit mir
eingehen, wenn ich dir verspreche, dass
ein Mädchen wie Lena bei der
nächsten Party dabei ist?», fragt er ihn.
«Klar! Ich würde jede Menge Geld
dafür bezahlen, wenn ich dabei
zusehen oder mitmachen kann, wie sie
von anderen Männern benutzt wird»,
antwortet er ohne zu zögern.
Zufrieden lehnt sich Viktor zurück.
Das ist genau das, was er hören wollte.
Lena hat sich gerade in einen
kuscheligen Pyjama geworfen, die
Decke über ihren Körper gezogen und
will noch in einem Buch blättern, als
es plötzlich an ihrer Tür klopft. Sofort
schießt es ihr durch den Kopf, dass es
Viktor ist und bereut sofort, dass sie
nicht das rote Negligé gewählt hat.
«Ja?», ruft sie gespannt und ist ein
wenig enttäuscht, als Vitali seinen
Kopf durch die Tür steckt.
«Hallo Lena, kann ich kurz mit dir
reden?», fragt er mit seinem russischen
Akzent und wartet auf ein Zeichen von
ihr.

«Ja, klar», antwortet sie verwundert.
Was will denn Viktors Mitarbeiter von
ihr?
«Ich wollte nur mal wissen, wie es dir
geht», sagt er und blickt in ihr
weiterhin verwundertes Gesicht.
Er hat sie doch gerade erst gesehen und
sie beim Shoppen begleitet. Wie soll es
ihr in den letzten Stunden schon
ergangen sein.
«Mir geht es super», antwortet sie
daher.
«Das ist gut. Schön. Vermisst du dein
Zuhause?», will er noch wissen.
«Ja, ein bisschen. Aber mir geht es hier
auch gut», antwortet sie
wahrheitsgemäß.
Sie findet ihr neues Leben ganz
aufregend und möchte gar nicht an ihr
langweiliges Leben in ihrem
Kinderzimmer und der Uni denken.
«Das ist gut. Ich soll mich um dich
kümmern und dafür sorgen, dass es dir
gut geht», ergänzt er und wünscht ihr
dann eine gute Nacht.
Wenn sie etwas Gegenteiliges
behauptet hätte, dann hätte er dafür

gesorgt, dass es ihr besser ergeht, aber mit der Antwort hat er sein schlechtes Gewissen beruhigen können. Noch einmal läuft er zum großen Saal zurück, in dem Viktor mit seinen Gästen sitzt und will nach dem Rechten schauen, bevor er in sein eigenes Zimmer geht.

Er ist schon länger bei Viktor angestellt und weiß, dass die Partys immer sehr lang und ausschweifend sind. Nicht nur der Wodka fließt in Strömen, sondern auch jede Menge andere Drogen, die dafür sorgen, dass Viktors Gäste die ganze Nacht wach bleiben und ihm am nächsten Morgen jeden Vertrag zu seinen Bedingungen unterschreiben.

Schon oft war Vitali dafür verantwortlich, sich um die vielen Mädchen und Frauen zu kümmern, die Viktor für solche Partys einlädt. Vor allem die Jüngeren kommen selten mit der aufdringlichen Art der Männer zurecht und wollen wieder früh nach Hause. Vitalis Aufgabe ist es immer, ihnen mit seiner sanften Art gut zuzureden und sie daran zu erinnern, dass Viktor ein reicher und einflussreicher Mann ist, der es nicht gerne sieht, wenn jemand vorzeitig seine Partys verlässt.

«Wenn ihr ihm gefallt, wird er euch regelmäßig buchen. Er wird von Mal zu Mal großzügiger», sagt Vitali ihnen immer und überzeugt damit die meisten.

Sein schlechtes Gewissen meldet sich zwar hin und wieder, wenn er die weinenden Mädchen wieder zurückschickt, aber er redet sich selber immer wieder ein, dass sie freiwillig da sind und mit Viktors Geld ein viel besseres Leben führen als ohne ihn.

Bei Lena dagegen klappt das jedoch nicht, denn die ist ganz und gar nicht freiwillig hier, weswegen sie ihn so sehr beschäftigt.

Schon bevor er die Tür öffnet, kann er das laute Grölen und Stöhnen von innen hören. Als er die Klinke runterdrückt und das schwere Holz nach vorne schiebt, strömt ihn der

Duft von Alkohol, Sex und Zigarren
entgegen.

Er schaut sich um und sieht wie die
reichen Männer sich daran aufgeilen,
dass eine der Frauen auf dem
Billardtisch liegt und eine andere Frau
ihr langsam eine der Billardkugeln in
die Muschi schiebt. Er blickt sich nach
Viktor um und findet ihn am Ende des
Raumes. Er ist damit beschäftigt mit
Paul zu reden, einem Mann, den Vitali
überhaupt nicht leiden kann. Er ist für
besonders viele weinende Mädchen
verantwortlich, weil er mit der Zeit
immer fordernder wird und kaum eine
Frau seine hohen Erwartungen erfüllen
kann. Viktor sieht, dass Vitali ihn
anschaut und gibt ihm ein Zeichen,
dass alles in Ordnung ist und er jetzt
wieder gehen kann. Vitali kontrolliert
noch das Badezimmer, in dem er
bereits mehr als einmal eine Frau
gefunden hat, die zu viele Drogen
intus hatte.

Aber dieses Mal ist keine zu sehen und
beruhigt kann er sich zurückziehen.

# Benutzt

Als Lena am nächsten Morgen aufwacht, spürt sie noch immer das Kribbeln. Schnell zieht sie sich an und hofft, Viktor beim Frühstück zu treffen, aber man teilt ihr mit, dass er bereits das Haus verlassen hat und spät wiederkommen wird.

«Wie schade…», sagt sie mehr zu sich selbst und macht sich anschließend hungrig über das Frühstück her.

Als sie fertig ist, weiß sie mal wieder nichts mit ihrer Zeit anzufangen und würde gerne einen Ausflug unternehmen.

«Wissen Sie vielleicht, wo ich Vitali finden kann?», fragt sie eine der Küchenhilfe in der Hoffnung, dass sie verstanden wird. Aber sie erntet nur verwunderte Blicke.

«Vitali?», wiederholt sie und die ältere Frau zeigt auf eine Tür am anderen Ende des Ganges.

Lena bedankt sich und klopft wenig später an die Tür. Sie hört Vitalis tiefe

Stimme, der irgendwas auf Russisch ruft und weiß nicht, ob es «herein» oder «geh weg» heißen soll, weswegen sie vorsichtig die Tür öffnet.

Als sie Vitalis verärgerten Blick sieht, weiß sie, dass wohl Letzteres der Fall gewesen ist und will sofort wieder weggehen, aber Vitali hält sie zurück.

«Was kann ich für dich tun?», fragt er freundlich.

«Ich habe mir gedacht, dass ich heute gerne einen Ausflug machen will, aber dafür müsstest du mich begleiten», sagt sie vorsichtig.

Er hat bestimmt Besseres zu tun und kann nicht jeden Tag ihren Babysitter spielen, aber zu ihrer Verwunderung sagt er zu.

«Natürlich. Ich komme mit», sagt er knapp und kommt auf sie zugelaufen.

«Du brauchst deine Jacke», sagt er zu ihr, als er ihr Outfit mustert. Auch heute hat sie sich für eine Jeans entschieden und darüber einen gemütlichen Kapuzenpulli gezogen.

Als sie nach draußen kommt, spürt sie den kalten Wind in ihrem Gesicht. Sie ist es nicht gewohnt, dass sie fast den ganzen Tag im Haus sitzt. Sonst hetzt sie von einem Ort zum nächsten und ist oft an der frischen Luft. Wenn sie lernen muss, geht sie trotzdem für mindestens eine Stunde am Tag nach draußen, um einen klaren Kopf zu bekommen. Aber hier ist das natürlich nicht so einfach möglich.

«Wo möchtest du denn hinfahren?», fragt Vitali und öffnet die hintere Tür eines schwarzen Autos.

«Ich würde gerne in die Stadt fahren und mich dort für ein paar Stunden in ein Café setzen. Ich habe das Zuhause immer gerne gemacht. Entweder habe ich ein Buch dabei gehabt oder einfach nur die Leute beobachtet», antwortet Lena gedankenverloren.

Dass Vitali sich gleich für ein paar Stunden mit ihr in ein Café setzen muss, passt ihm überhaupt nicht. Er muss in der Nähe bleiben, hat aber keine Lust sich die ganze Zeit mit ihr zu unterhalten. Daher kommt ihm eine Idee.

«Ich kenne da ein nettes Literatur-Café hier in der Nähe. Es ist um diese Uhrzeit nicht so gut besucht, weswegen man da in Ruhe lesen kann. Außerdem stehen an den Wänden Regale voller Bücher. Das meiste natürlich auf Russisch, aber du findest sicherlich das eine oder andere Buch auf Englisch. Vielleicht auch Deutsch, wenn du Glück hast», sagt er überraschenderweise.

Mit diesem Vorschlag hat Lena nicht gerechnet. Sie hat in Vitali bisher immer nur den Schläger und Bodyguard gesehen, der für Viktor arbeitet und sich nie wirkliche Gedanken um ihn gemacht. Dass er liest und dafür geeignete Cafés kennt, hätte sie niemals erwartet. Aber vielleicht kennt er die Orte auch nur, weil seine Freundin, Schwester oder gar ein anderes entführtes Mädchen dort immer hingehen und er sie begleiten muss.

Wenig später hält das Auto vor dem Café und die Beiden steigen aus. Vitali öffnet die Tür und wird sofort herzlich

von der Betreiberin begrüßt. Sie
scheint ihn zu kennen und spricht ihn
mit seinem Namen an. Er ist hier wohl
öfters.

«Das ist meine Tante», erklärt er Lena,
die verwundert das Szenario
beobachtet. «Ihr gehört der Laden seit
einigen Jahren. Ich habe früher neben
der Schule immer mal wieder
ausgeholfen», führt er weiter aus und
Lena ist beeindruckt.

Sie hat gedacht, dass er seine Karriere
als Drogendealer oder Ähnliches
angefangen hat, bevor er bei Viktor
gelandet ist. Jungs, die bei ihrer Tante
im Café aushelfen, landen doch nicht
als Handlanger bei einem russischen
Mafiaboss. Lena überlegt, wie er auf
die falsche Bahn gelangen konnte,
während Vitali einen geeigneten Tisch
für sie sucht.

«Hier hinten ist man gut geschützt vor
der Zugluft, es ist ruhig und die Sessel
sind hier am bequemsten. Was
möchtest du trinken?», unterbricht er
ihre Gedanken.

«Äh … einen Latte Macchiato bitte»,
sagt sie und schaut sich die vielen
Bücher an der Wand an.
Sie findet eins auf Englisch, was sie
anspricht und liest sich den
Klappentext durch bis Vitali zurück
mit den Getränken kommt.
«Das habe ich schon gelesen. Ist
wirklich super!», sagt er, weswegen
Lena sich damit hinsetzt, einen
Schluck von ihrem Heißgetränk
nimmt und anfängt zu lesen.
Immer wieder starrt sie zu Vitali rüber,
der seelenruhig in seinem Sessel sitzt
und durch das Schaufenster nach
draußen starrt.
«Willst du nicht auch etwas lesen?»,
fragt sie dann verwundert.
Wenn er dieses Buch kennt, bedeutet
das ja zumindest, dass er auch liest.
«Ach nein. Ich finde es sehr
entspannend, einfach nur hier zu sitzen
und das Treiben auf der Straße zu
beobachten», antwortet er und
verblüfft Lena damit erneut.
Sie hat gedacht, dass das eher so ein
Mädchending wäre und dass Männer

in seinem Alter viel zu beschäftigt sind,
um sich in ein Café zu setzen und
Leute zu beobachten. Sie folgt seinem
Blick und sieht, dass er gerade einer
alten Dame dabei zuguckt, wie sie
ihren alten Pudel ausführt. Es bringt
ihn zum Lächeln, weil die Dame viel
schneller als der Hund ist, der kaum
hinterherkommt.

Bevor Vitali sie dabei erwischt, dass sie
ihn anstarrt, widmet sie sich wieder
schnell ihrem Buch, versucht sich aber,
diesen neuen Eindruck von ihm zu
bewahren.

Nach einer Stunde werden sie von
Vitalis Tante unterbrochen, die
freundlich grinsend zwei Stücke
Kuchen auf den Tisch stellt. Lena
bedankt sich, aber die Tante versteht
kein Wort und sagt stattdessen etwas
zu Vitali.

«Das ist Nusskuchen. Sie hofft, dass du
nicht allergisch bist», sagt er und Lena
schüttelt den Kopf.

Sie fragt sich gleichzeitig, ob sie weiß,
für wen Vitali jetzt arbeitet und als
wen er Lena vorgestellt hat. Doch wohl

nicht als das Mädchen, das er aus Versehen entführt hat und jetzt bei seinem Chef in seinem riesigen Haus wohnt?

Sie essen schweigend den Kuchen, bis Lena sich traut, ihm ein paar Fragen zu stellen, die jedoch nur die Stadt betreffen. Sie kennt ihn noch nicht gut genug, um ihn über seine Vergangenheit auszufragen, auch wenn sie wirklich gerne mehr darüber wissen würde.

Es entwickelt sich ein angenehmes und ungezwungenes Gespräch über andere Cafés in der Stadt, über das Nachtleben und allgemeinen Sehenswürdigkeiten. Die Stimmung ist locker und Lena fängt gerade an, sich mit ihm wohl zu fühlen, bis er einen Anruf erhält und schlagartig aufsteht.

«Das war Viktor. Er kommt gleich nach Hause und erwartet dich dort», sagt er plötzlich in einem ganz anderen Tonfall.

Eben ist er noch ruhig und entspannt gewesen, jetzt klingen seine Worte auf einmal hart und mechanisch.

Lena folgt ihm nach draußen und findet es einerseits schade, dass die Zeit im Café mit ihm jetzt vorbei ist. Andererseits freut sie sich natürlich auch, dass Viktor sie sehen will und jetzt endlich wieder zurück ist.
Als sie das große Haus betreten, laufen alle Mitarbeiter hektisch durch den großen Eingangsbereich. Jemand ruft Vitali etwas auf Russisch zu, dessen Blick plötzlich ganz ernst wird.
«Ein sehr wichtiger Mann kommt gleich her», klärt er Lena auf und schickt sie hoch in ihr Zimmer.
Sie fragt sich, was los ist und ob sie deswegen zurückgerufen wurde oder der wichtige Gast sich gerade spontan angekündigt hat. Aber als sie die Tür hinter sich schließt und ein großes, eckiges Paket auf ihrem Bett findet, in dem sich ein traumhaftes Kleid aus schwarzer Seide befindet mit einer Karte von Viktor, weiß sie, dass er sie gerufen hat, um den Kunden zu beeindrucken.
Denn auf der Karte steht:

«Zeige dich heute bitte von deiner besten Seite, Viktor»
Schnell zieht sie sich aus, steigt unter die heiße Dusche und cremt sich sorgfältig ihre zarte Haut ein, damit der fließende Seidenstoff noch besser zur Geltung kommt. Sie überlegt, welche Unterwäsche unter dem feinen Kleid am wenigsten Abdrücke verursacht und kommt zu dem Entschluss, dass sich wahrscheinlich auch der nahtlose, fleischfarbene BH darunter abzeichnen wird und verzichtet daher auf Unterwäsche.
Sie betrachtet sich im Spiegel und ist mit ihrem Aussehen sehr zufrieden. Ihre Haare fallen in sanften Wellen über ihre nackten Schultern, die nur von den dünnen Trägern des Kleides bedeckt sind. Die Seide legt sich wie fließendes Wasser über ihren zierlichen Körper und zeigt deutlich ihre Nippel. Zumindest wenn sie hart sind. Lena dreht sich um und versucht sich von hinten zu betrachten.
Das Kleid hat einen sehr tiefen Rückausschnitt, verdeckt aber die

Rundungen ihres Pos und endet bei ihren Knien. So ein schönes und hochwertiges Kleid hat sie bisher noch nie getragen.

Sie schaut noch einmal in den Karton und entdeckt ein paar schwarze Highheels aus Lack, die nur durch ein feines Band über ihren Zehen und um ihre Knöchel am Fuß gehalten werden. Sie schließt den Verschluss und geht ein paar Schritte mit den Schuhen und stellt fest, dass sie überraschend bequem sind. Sie trägt gerade etwas farblosen Lipgloss auf ihre Lippen auf, als es an der Tür klopft.

«Herein!», ruft sie und strahlt, als sie Viktor sieht.

«Wow … du siehst super aus!», sagt er und schaut sich Lena von oben bis unten an.

Er hat genau gewusst, dass ihr das sehr einfache, aber trotzdem auch verruchte Kleid hervorragend stehen wird und bemerkt, dass sie zu seinem Gefallen keine Unterwäsche trägt, worauf er insgeheim gehofft hat.

Sie dreht sich stolz für ihn, was ihn anerkennend nicken lässt.

«Wirklich toll», sagt er noch einmal und hält sie dann an den Händen fest.

«Lena, das ist ein wirklich wichtiger Mann in meiner Branche. Sein Name ist Thomas. Er kann etwas schwierig sein, aber wenn man ihm keine Widerworte gibt, stets freundlich und höflich ist, dann hat man keine Probleme mit ihm. Ich möchte, dass du alles machst, was er sagt. In Ordnung?», fragt er sie in einem ernsten Tonfall.

Lena guckt ihn an und nickt. Sie würde alles tun, um Viktor zu gefallen und um noch einmal von ihm gelobt zu werden.

«Sehr gut. Dann folge mir», sagt er und hakt sie bei sich unter.

Lena fühlt sich großartig.

Sie trägt dieses wunderschöne Kleid und hat diesen attraktiven, erfolgreichen Mann an ihrer Seite.

Am liebsten würde sie jetzt ein Foto machen, um es der ganzen Welt zu zeigen.

Viktor bleibt vor seinem Büro stehen, schaut Lena noch einmal an und fragt, ob sie bereit ist. Sie nickt, woraufhin er die Tür öffnet.

Lena hat erwartet, dass Thomas alleine auf dem Sofa sitzt und gespannt darauf wartet, dass Lena ankommt, aber sie hat sich geirrt. Er sitzt zwar tatsächlich dort, ist aber umgeben von wunderschönen Frauen, die alle viel attraktiver und glamouröser sind als Lena. Ihre Haare liegen perfekt, der rote Lippenstift ist auf die roten Nägel an Händen und Füßen angepasst und sie wirken so selbstbewusst.

Plötzlich fühlt sich Lena wie ein Niemand. Viktor führt sie zu Thomas, der sein Gespräch mit der wunderschönen Blondine neben ihm unterbricht, aufsteht und Lena strahlend anguckt.

«Du musst Lena sein. Hinreißend!», sagt er zu ihrem Erstaunen.

Erst jetzt findet sie die Zeit, um ihn ebenfalls näher anzuschauen. Er ist älter als Viktor, wahrscheinlich Anfang 50. Tiefe Aknenarben zeichnen sein

Gesicht, verleihen ihm gleichzeitig aber auch etwas Starkes und Angsteinflößendes, wozu auch seine Größe und Statur beitragen.

Er ist noch etwas größer als Viktor, erreicht fast die 2 Meter und scheint früher einmal sehr viel trainiert zu haben. Inzwischen sind nur noch die breiten Schultern und muskulösen Arme davon übrig geblieben, denn unter seinem teuren Anzug zeichnet sich deutlich sein Bauch ab. Lena schaut ihm noch einmal ins Gesicht und seine hellblauen Augen funkeln sie aus einer Mischung aus Begeisterung und Gier an.

Es wird einfach sein, ihm nicht zu widersprechen, weil er so viel Macht und Dominanz ausstrahlt, aber trotzdem fürchtet sie sich ein wenig vor dem, was er mit ihr machen will.

«Komm, setz dich zu mir, Lena», sagt er und scheucht die Blondine weg, die empört aufsteht.

«Ich will alles über dich wissen. Du kommst aus Deutschland?», fragt er

und lässt Lena von einem der Kellner
ein Glas Champagner bringen.
«Komm, stoßen wir an!», sagt er und
drückt Lena das Glas mit der
sprudelnden Flüssigkeit in die Hand.
Sie versucht zu lächeln und hofft, dass
der Alkohol sie etwas entspannt. Sie
setzt das Glas an und nimmt einen
großen Schluck.
«Der beste Champagner der Welt!»,
sagt er stolz und Lena nickt begeistert.
Bisher hat sie noch keinen
Champagner getrunken und hat den
Hype darum nie verstanden, muss sich
aber eingestehen, dass es wirklich
lecker ist und trinkt auch noch den
Rest. Der Alkohol wärmt ihren Körper
von innen und sie spürt sofort, wie er
ihren Kopf erreicht und sie beginnt
sich zu entspannen.
Sie antwortet locker und ausführlich
auf all seine Frage, lässt seine Hände
auf ihren Oberschenkeln liegen und
ignoriert die Blicke auf ihre Brüste,
deren Warzen sich immer wieder
aufrichten, wenn sie von einem
Windhauch erfasst werden.

«Du bist wirklich ein sehr hübsches Mädchen, Lena», sagt Thomas und schaut sie immer wieder so an, als ob er ein saftiges Stück Steak vor sich hätte.

«Ich würde dich gerne für ein paar Tage auf meine Yacht einladen. Wir fahren nach Südfrankreich, wo es viel wärmer ist als hier, trinken Champagner, essen Kaviar und lassen es uns richtig gut gehen. Würde dir das gefallen?», fragt er sie.

Lena überlegt, was Viktor davon halten wird, erinnert sich aber wieder an seine Worte und dass sie ihm nicht widersprechen soll. Außerdem klingt das super und wann würde sie schon mal die Gelegenheit dazu bekommen?

«Ja, das klingt super!», antwortet sie daher und schaut in sein strahlendes Gesicht.

«Wunderbar! Wollen wir uns nicht ein wenig zurückziehen, um das zu feiern?», fragt er sie dann und wieder nickt sie nur höflich.

Er steht auf, sagt seinem Bodyguard Bescheid, dass er mitkommen soll und

führt Lena dann auf den großen Flur.
Er hat natürlich das beste Zimmer des
Hauses bekommen und öffnet die
große Flügeltür zu der riesigen Suite.
Anders als die restlichen Zimmer ist
diese komplett in Weiß gehalten.
Weißer Marmorboden zieht sich durch
den kompletten Raum, überall liegen
weiße Felle. Auf dem Boden, auf den
durchsichtigen Stühlen, auf dem Sofa
und sogar auf dem großen Bett im
abgetrennten Schlafzimmer.
«Gefällt es dir hier?», fragt er sie und
nimmt wahr, dass sie sich sprachlos
umschaut.
Sie hätte es niemals für möglich
gehalten, dass sich ein solches Zimmer
in diesem Haus befindet. Es sieht aus
wie eine der Wohnungen der hippen
Wohn-Blogger, die sie in den sozialen
Medien verfolgt.
«Viktor hat das Zimmer erst vor
kurzem renovieren lassen und dafür
eine angesagte Innenausstatterin
einfliegen lassen. Es ist ganz schön
geworden, oder?», fragt er und Lena
kann nur zustimmen.

Er setzt sich auf die große, weiße
Ledercouch und bittet Lena darum,
sich neben ihn zu setzen.
Er streicht ihr die Haare über ihre
Schultern und lässt seine Hand über
ihren Rücken gleiten bis er unten an
ihrem Po angelangt ist.
«Möchtest du dich für mich
ausziehen?», fragt er sie, woraufhin sie
aufsteht und die dünnen Träger über
ihre Schultern schiebt.
Das Kleid gleitet sanft wie eine Feder
auf den Boden und sie steht komplett
nackt vor ihm.
Gierig betrachtet er sie bis sein Blick
an ihren Brüsten haften bleibt. Er
streckt seine Hand aus und kneift
immer wieder in ihre Nippel, bis sie
hart bleiben. Er ist grob, gleichzeitig
erregt der Schmerz sie aber auch und
sie kann spüren, wie die Säfte in ihrem
Schritt anfangen zu fließen.
«Dreh dich um», sagt er und sie macht,
was er sagt.
Langsam setzt sie einen Fuß neben den
anderen und zeigt ihm dann ihre
Kehrseite.

«Und jetzt bück dich und komm
näher.»
Lena beugt ihren Oberkörper nach
unten und geht gleichzeitig ein paar
Schritte zurück, um direkt vor ihm zu
stehen. Ihr ist bewusst, dass er jetzt
alles von ihr sehen kann und wenn er
seine Hand ausstreckt, er auch alles
berühren kann.
Aber er bleibt ruhig sitzen und genießt
den Anblick.
«Zieh deine Pobacken auseinander»,
sagt er stattdessen.
Lena ist verwundert über diese Ansage.
So etwas wollte noch nie jemand von
ihr, trotzdem greift sie an ihren Arsch
und zieht mit beiden Händen ihre
Pobacken auseinander.
«Weiter», fordert er sie auf und sie
spürt, dass er jetzt ganz nah sein muss,
weil sie seinen Atem an ihrer nackten
Haut fühlt, während sie ihre Arme
weiter ausbreitet.
«Mhh ja … ja, gut so», sagt er
zufrieden und betrachtet ausführlich,
was er da gerade vor sich hat.

«Jetzt leg dich auf das Bett», befiehlt er
ihr und weiterhin nackt, aber mit ihren
Highheels läuft Lena in das
Schlafzimmer nebenan und legt sich
mit dem Rücken darauf. Thomas folgt
ihr und bleibt weiterhin angezogen vor
ihr stehen.
«Ich will sehen, wie du es dir selbst
machst», sagt er, geht um sie herum
und öffnet die Nachttischschublade.
Verwirrt blickt sich Lena zu ihm um,
aber er hält sie davon ab.
«Mach schon», sagt er wieder,
woraufhin Lena ihren Finger an ihren
Kitzler setzt und beginnt ihn zu reiben.
Thomas steht wieder vor ihr und hält
etwas Pinkes in seiner Hand, aber Lena
kann es nicht genau erkennen bis er
das Teil neben ihren Arm wirft.
«Schieb dir das rein», fordert er sie auf
und jetzt sieht sie, dass es sich dabei
um einen sehr großen Dildo handelt.
Lena muss bei dem Anblick schlucken,
denn der war bei weitem größer als alle
Schwänze, die sie bisher hatte. Sie
führt ihn zu ihrer Pussy und lässt ihn

durch ihren feuchten Schritt wandern,
bis sie ihn dann reindrücken will.
«Warte … du musst ihn noch nasser
machen. Leck ihn ab», sagt Thomas
erregt und wartet darauf, dass Lena
den Dildo zu ihrem Mund führt.
Langsam leckt sie mit ihrer Zunge
daran, schmeckt ihren eigenen Saft
und gibt sich Mühe, dass er überall
gleichmäßig mit ihrer Spucke bedeckt
ist, aber das scheint Thomas nicht zu
reichen.
«Du sollst ihn zuerst tief in deinen
Mund nehmen», fordert er sie auf.
Lena hat Mühe damit den großen und
dicken Dildo in ihren Mund zu
bekommen und öffnet ihn weit.
Thomas stellt sich wieder neben sie,
um alles genau sehen zu können, bis er
das Spielzeug selbst in die Hand
nimmt und ihr tief in den Rachen
schiebt.
Sofort schießen ihr die Tränen in die
Augen, aber sie bleibt tapfer, nimmt
ihn tief auf und lässt sich von ihm
damit in den Hals ficken.

«Sehr schön», lobt er sie, drückt ihr
den Dildo zurück in die Hand und
stellt sich wieder ans Bettende.
«Und jetzt fick dich damit», sagt er
und knöpft sich dabei seine Hose auf,
um seinen harten Schwanz raus zu
holen.
Lena setzt den Dildo an ihrem nassen
Loch an und drückt ihn langsam rein.
Er ist so groß, dass er sie richtig
aufdehnt und sie hat Mühe damit, ihn
tiefer zu schieben, weil sie diese Größe
nicht gewöhnt ist.
Aber Thomas ist damit nicht zufrieden
und will mehr sehen.
«Schieb ihn noch tiefer rein», sagt er,
während er sich nun selbst den
Schwanz wichst.
Lena umfasst den großen Plastikprügel
mit beiden Händen und versucht sich
ihn immer tiefer in ihre enge Muschi
zu schieben, bis er ein Stückchen
weiter in sie eindringt. Sie keucht und
stöhnt dabei und bemerkt nicht, dass
Thomas zu ihr aufs Bett geklettert ist
und seine Hand ebenfalls an den Dildo
gelegt hat. Er schiebt ihn jetzt selbst

noch etwas tiefer, woraufhin Lena aufstöhnt.

«Oh ja. Das gefällt dir, oder?», sagt er, während er sie direkt anschaut und beobachtet, wie sie immer wieder ihr Gesicht verzieht, als er das Teil noch tiefer in sie stößt.

Dann zieht er es zurück und Lena atmet erleichtert auf, nur, um wieder lauf aufzustöhnen als er es wieder in sie stößt. Das wiederholt er ein paar Mal bis der Dildo sich immer einfacher in ihr bewegt, weil sich ihre Pussy an die Größe gewöhnt hat.

«Jetzt setz dich auf. Aber den Dildo lässt du in dir», sagt er und klettert wieder vom Bett.

Lena versucht den Prügel mit beiden Händen festzuhalten und sich langsam auf dem wackeligen Bett aufzurichten. Sie weiß, dass er jetzt sehen will, wie sie den Dildo reitet.

Langsam stößt sie sich mit den Oberschenkeln ab, lässt den Dildo fast rausgleiten und setzt sich dann wieder drauf.

«Oh ja. Das will ich sehen», stöhnt er, während er wieder seinen Schwanz wichst. «Schneller!»
Immer wieder stößt sich Lena ab, setzt sich drauf und stößt sich dann wieder ab, bis sie ein schnelles und gleichzeitiges Tempo gefunden hat, was sie für eine Weile halten kann.
«Spiel an deiner Muschi. Ich will dich kommen sehen», fordert Thomas sie dann auf und Lena legt einen Finger wieder an ihre Perle und reibt daran, während sie den Dildo reitet.
Durch die intensive Reibung braucht es nicht viel, dass sie kommt und laut stöhnend ihren Orgasmus rauslässt. Dabei lässt sie sich tief auf den Plastikschwanz nieder und genießt es, wie sehr er sie ausfüllt, während ihre Muschi sich fest um ihn zieht. Für einen Moment hat sie vergessen, dass sie beobachtet wird und schaut jetzt wieder zu Thomas, der sie mit einer Mischung aus Zufriedenheit und Gier anguckt.

«Ich will jetzt abspritzen. Dreh dich um. Aber lass den Dildo in dir», sagt er und Lena fragt sich, was er vorhat.
Sie dreht sich um, hält dabei den Dildo fest und spürt, wie er sie an den Füßen nach hinten über die Bettkante zieht. Dann bemerkt sie, dass er mit seinen Fingern nach ihrem Arschloch sucht und zwei Finger tief reinbohrt. Er will doch jetzt nicht etwa seinen Schwanz in ihren Arsch schieben, während der große Dildo noch in ihrer Muschi steckt?, fragt sie sich verwundert, aber genau das ist es, was er machen will.
Er hält sich an ihrer Hüfte fest und drückt ihr seinen harten Prügel in ihr enges Loch. Durch das Spielzeug hat er Mühe in sie einzudringen, aber nach einer Weile gelingt es ihm. Lena beißt die Zähne zusammen, vergräbt ihr Gesicht in einem der Kissen und kann kaum glauben, wie ausgefüllt sie gerade ist. Es fühlt sich unglaublich an, wie der Dildo in ihrer Muschi steckt und Thomas seinen Schwanz noch zusätzlich in ihrem Arsch hat. Das

Gefühl ist extrem intensiv, wenn auch etwas unangenehm, aber trotzdem erregend. Doch bevor sie sich daran gewöhnen kann, ruft Thomas, dass er jetzt kommt und wenig später spürt sie, wie der warme Saft durch ihre Pobacken fließt.

Völlig erschöpft bleibt sie liegen und wartet auf ein Zeichen von Thomas, dass sie aufstehen darf.

«Geh duschen», fordert er sie endlich auf und mit zittrigen Händen zieht sie den Dildo aus ihr heraus, löst die Schnallen ihrer Schuhe und steigt dann unter die Dusche, um sich ihre und seine Säfte vom Körper zu waschen.

«Ich werde jetzt zurück zu Viktor gehen und noch etwas Geschäftliches mit ihm besprechen. Wir sehen uns sicherlich bald und ich hoffe, dass du noch immer mit auf meine Yacht kommen willst», sagt er ihr und gibt ihr damit ein Zeichen, dass er mit ihr fertig ist.

Schnell zieht sich Lena das Kleid über und läuft dann barfuß zurück in ihr

Zimmer. Ihre Knie zittern noch immer und sie fühlt sich benutzt. Gleichzeitig war das eine unglaubliche Erfahrung, die ihr sehr gefallen hat und auch irgendwie darauf hofft, dass sie noch einmal so etwas erleben wird.

# Vitali

Als sie zurück in ihr Zimmer läuft, trifft sie noch einmal auf Vitali, der sie besorgt mustert. Er weiß, dass Thomas sie mit in seine Suite genommen hat und versucht Spuren an ihrem Körper auszumachen. Frauen reißen sich zwar darum, in seiner Nähe sein zu können, aber nur, weil er ihnen ein luxuriöses Leben ermöglicht und viel Geld verspricht. Thomas hat den Ruf sehr eigenwillig, streng und hin und wieder auch etwas grob zu den Frauen zu sein, die seine Spielchen aber anstandslos mitmachen, weil er sie so gut dafür bezahlt.

Als er das letzte Mal hier gewesen ist, hat er dabei zugucken wollen, wie zehn Männer ein Mädchen stundenlang ficken, bis es erschöpft zusammengebrochen ist und wochenlang über Unterleibsschmerzen klagte.

Aber Lena macht keinen ängstlichen oder zerstörten Eindruck, weswegen er

ihr nur eine gute Nacht wünscht und zurück zu Viktor kehrt, der gerade von Thomas für Lena gelobt wird.
Als Lena zurück in ihr Zimmer kehrt, merkt sie, wie hungrig und kraftlos sie ist. Schließlich ist die letzte Mahlzeit der Kuchen in dem Café gewesen und danach hat sie nur noch Champagner getrunken. Telefonisch versucht sie die Küche zu erreichen, aber die sind alle mit dem Besuch von Thomas beschäftigt, weswegen sie sich selbst auf die Suche nach etwas Essbaren begibt. Sie schlüpft in ihr Outfit von heute Nachmittag und öffnet vorsichtig die Tür zur Küche, wo sie auf Vitali trifft, der sich gerade ein Brot schmiert.
«Oh hallo», sagt sie verlegen, als sie bemerkt, dass sie doch nicht alleine ist. Vitali dreht sich um und lächelt Lena schüchtern an.
«Ich wollte mir nur etwas zu essen holen», sagt sie und wortlos schiebt ihr Vitali die Brottüte und etwas Käse zu.
«Danke», antwortet sie und erinnert sich an das Gespräch von heute

Nachmittag, was sie gerne fortsetzen würde.

Sie beginnt ihn wieder über Veranstaltungen in der Stadt auszufragen, welche Ausflüge sie noch machen kann und fragt ihn irgendwann auch, was er gerne in seiner Freizeit treibt. Während die Beiden essen, wird das Gespräch immer persönlicher und Lena traut sich, ihn zu fragen, warum er für Viktor arbeitet.

«Ich bin eigentlich nur wegen meinem Bruder Dimitri hier», sagt er und Lena schaut ihn fragend an.

«Ich habe studiert und wollte eigentlich ins Ausland gehen, ganz im Gegensatz zu meinem Bruder. Der ist schon immer der Schwierigere von uns beiden gewesen und schon als Teenager auf die schiefe Bahn geraten. Irgendwann hat er sich mit einem von Viktors Männern angelegt, was natürlich nicht gut ausgegangen ist. Damit Viktor ihn verschont, hat er angeboten, für ihn zu arbeiten, was ihm aber nicht gereicht hat. Dimitri ist

zwar stark, kann Leute gut
einschüchtern und ist sehr loyal, aber
sehr intelligent war er noch nie. Er hat
oft seine Aufträge
durcheinandergebracht, was Viktor
natürlich nur noch mehr aufgeregt hat.
Ich habe dann irgendwann die
Organisation für ihn übernommen,
damit er nicht noch mehr
Schwierigkeiten bekommt und als
Viktor bemerkt hat, dass er plötzlich
viel zuverlässiger und besser wurde, hat
er sich natürlich gewundert, was
passiert ist. Er hat dann
rausbekommen, dass ich ihm helfe und
wollte mich dann ebenfalls einstellen.
Da man zu Viktor nicht nein sagen
kann und ich Angst hatte, dass er sonst
meinen Bruder tötet, wenn ich nicht
für ihn arbeite, habe ich bei ihm
angefangen.
Das ist jetzt ein paar Jahre her und es
ist wirklich gar nicht so schlecht, wie es
vielleicht aussieht. Viktor ist gut zu
seinen Männern, die loyal ihm
gegenüber sind. Wir wohnen gut,
verdienen jede Menge Geld für unsere

Familien und sehen auch einiges von der Welt», erzählt er, bis Lena ihn unterbricht.

«Aber ihr tötet und entführt Menschen», sagt sie.

«Ja, das sind natürlich die Schattenseiten und natürlich mache ich das nicht gerne. Aber jetzt bin ich da nun mal reingerutscht und werde da so schnell wohl auch nicht mehr rauskommen», erwidert er leise, weil er befürchtet, dass ihn jemand hören kann.

Tatsächlich überlegt Vitali schon lange, wie er hier wieder rauskommen könnte, aber bisher wurde jeder Mitarbeiter, der sich gegen Viktor gestellt hat, wenig später tot aufgefunden.

Das Risiko ist einfach zu groß, dass ihn jemand verraten könnte, wenn er nicht mehr für ihn arbeitet.

Lena hört sich aufmerksam seine Geschichte an und empfindet sogar etwas Mitleid mit ihm. Er hat sich sein Leben ganz anders vorgestellt und muss sich jetzt um entführte Mädchen kümmern und dafür sorgen, dass Kriminelle immer mit ausreichend Frauen und Drogen versorgt werden.

«Was wärst du denn geworden, wenn du nicht hier gelandet wärst?», will sie interessiert von ihm wissen.

Er macht eine kurze Pause, lächelt und antwortet dann: «Lehrer. Für Englisch und Geschichte an der Mittelstufe.»

Auch Lena muss kichern. Das kann sie sich bei ihm gar nicht vorstellen, aber wahrscheinlich liegt das auch an dem Anzug, den er immer trägt.

«Ich wollte gerade mein Auslandssemester in England beginnen, als das mit meinem Bruder passiert ist», erzählt er wehmütig.

Lena kann sich vorstellen, dass es ihm sehr schwergefallen sein muss, sein altes Leben aufzugeben und denkt selbst über ihre Situation nach, was sie schlagartig traurig macht. Sie vermisst ihr Zuhause, ihre Eltern und ihre Freunde wirklich sehr.

«Ich werde mal wieder in mein Zimmer gehen», sagt sie daher, um nicht weiter darüber nachdenken zu müssen.

«Gute Nacht.»

Auch Vitali verabschiedet sich von ihr und schaut ihr nachdenklich hinterher. Er kann einfach nicht zulassen, dass Viktor ihr Leben ebenso zerstört wie seins und muss sich unbedingt etwas einfallen lassen, damit sie zurück zu ihrer Familie kann.

# Akzeptanz

Vitali überlegt noch eine Weile, wie er Lena aus dem Haus führen kann. Wenn sie das nächste Mal mit ihm shoppen gehen oder einen Ausflug machen möchte, wäre es zwar eine gute Gelegenheit, allerdings wäre da immer noch der Fahrer, der ganz genau weiß, wo sich die Beiden befinden und Viktor sofort Bescheid gibt, wenn er sie nicht mehr entdecken kann oder ihm etwas komisch vorkommt.

«Nein, das wäre keine Option. Außerdem hat Viktor in der ganzen Stadt Männer, die ihm helfen würden. Er würde mich sofort erwischen und dann würde er nicht lange zögern und uns beide umbringen. Das kann ich nicht riskieren», überlegt er und räumt die Lebensmittel wieder zurück in den Kühlschrank. Heute kann er sich noch keinen Plan überlegen, aber er weiß, dass er noch Zeit hat, weil Viktor noch lange nicht mit seiner Sexsklavenausbildung fertig ist.

Lena huscht zurück in ihr Zimmer und legt sich anschließend auf ihr großes, luxuriöses Bett. Vitalis Geschichte beschäftigt sie noch immer und sie fragt sich, ob sie ihre Familie je wiedersehen wird und das Leben leben kann, was sie sich einmal vorgestellt hat. Zwar hat Viktor ihr versprochen, dass sie bald zurückkehren kann, einen genauen Zeitpunkt hat er ihr aber noch nicht verraten. Sie steht noch einmal auf und will Viktor erneut fragen, aber da hört sie laute Stimmen aus dem Saal kommen und weiß, dass seine Gäste immer noch da sind. Sie möchte denen heute aber nicht mehr begegnen und beschließt daher, schlafen zu gehen.

Als sie am nächsten Morgen aufwacht, sieht die Welt wieder ganz anders aus. Das schlechte Gefühl ist verflogen, als sie sich in ihrem wunderschönen Zimmer umblickt.

«Vielleicht ist es ja wirklich gar nicht so schlecht», redet sie sich ein und geht ins Badezimmer, um sich für das Frühstück fertig zu machen. Als sie durch die großen Flure läuft und die kostbaren Gemälde an den Wänden betrachtet, weiß sie, dass sie es nicht so schlecht getroffen hat.

«Ich hätte auch in irgendeinem Kellerverlies landen können», denkt sie sich und öffnet die Tür zum Esszimmer.

«Hallo Miss Lena», sagt eine der Küchenmitarbeiterinnen zu ihr, die als einzige etwas Deutsch spricht.

«Hallo Magda», antwortet Lena freundlich und sieht, wie sie sofort in die Küche huscht.

«Ich bringen Ihnen Frühstück», sagt sie.

«Ach nein. Das kann ich mir doch auch selbst holen», protestiert Lena, aber da ist die kleine Frau auch schon durch die Tür verschwunden.

Lena setzt sich daher an den großen Tisch und wartet. Normalerweise würde sie ihre Zeit jetzt damit verbringen sich auf den Social Media Kanälen über das Leben ihrer Freunde oder irgendwelcher B-Promis zu informieren, aber ein Handy hat Viktor ihr natürlich nicht erlaubt, damit sie keinen Kontakt zu ihren Freunden, der Familie oder gar Polizei aufnehmen kann. Daher starrt sie einfach nur in den Raum und dreht sich erwartungsvoll um, als sich die

Tür öffnet, weil sie hofft, dass es Magda ist.

«Hallo Lena!», sagt eine tiefe, männliche Stimme und sie erkennt, dass es Thomas ist. Im Tageslicht sehen seine Narben noch schlimmer aus und er wirkt dadurch noch angsteinflößender.

«Guten Morgen», sagt sie höflich und guckt zu, wie er sich ihr gegenüber setzt.

«Ich habe gehört, dass das Frühstück sehr gut sein soll», versucht er ein Gespräch zu beginnen, woraufhin Lena nickt.

«Ja, Magda macht ein tolles Omelette», bestätigt sie und beobachtet ihn weiterhin. Er legt gleich zwei Handys auf den Tisch. Wahrscheinlich eins für seine privaten Kontakte oder das andere für seine Geschäftlichen.

«Hast du dir das mit Frankreich noch mal durch den Kopf gehen lassen?», fragt er sie plötzlich und reißt Lena damit aus ihren Gedanken.

Frankreich? Was meint er? Als er ihren fragenden Blick sieht, führt er es weiter aus.

«Ich habe dich gestern gefragt, ob du gerne mal für ein paar Tage mit auf meine Yacht kommen möchtest», sagt er, was Lena vollkommen vergessen hat.

«Oh das. Ich habe Viktor noch gar nicht gefragt. Ich weiß nicht, ob das möglich ist», antwortet sie, weil sie es tatsächlich nicht weiß.

«Ach, das sollte kein Problem sein. Ich kann natürlich auch einen seiner Männer mitnehmen, wenn er oder du dich dann sicherer fühlen. Aber eigentlich vertraut er mir», sagt er und Lena weiß sofort, dass sie nur mit

Vitali auf das Boot gehen will. Sie traut Thomas oder seinen Männern nicht so recht.

«Gut, ich spreche noch mal mit ihm», erwidert sie und wenig später rollt Magda einen großen Servierwagen mit mehreren Tellern und Etageren in den Essbereich.

«Frühstück!», sagt sie nur und mit leuchtenden Augen starrt Lena auf die reichhaltige Auswahl, die vor ihr aufgetischt wird. Nicht nur das leckere Omelette steht nun vor ihr, sondern auch eine große Vielzahl an Brötchen, Broten und anderen Gebäcksorten. Dazu eine Käseplatte, Wurst, Marmelade und eine Schüssel mit Obstsalat.

«Danke Magda», sagt sie fröhlich, als sie sich ein Glas frisch gepressten Orangensaft einschenkt.

Den Rest des Frühstücks verbringt sie schweigend, weil Thomas damit beschäftigt ist, lauthals mit irgendwelchen Leuten am Telefon zu diskutieren. Sie versteht kein Wort, aber er wirkt wütend, weswegen sie sofort verschwindet, als sie fertig ist.

Wieder läuft sie ziellos durch das Haus und weiß nichts, mit ihrer Zeit anzufangen. Bis sie einen Raum entdeckt, den sie vorher noch nicht betreten an.

«Bibliothek», sagt das Schild neben der Tür und neugierig öffnet sie die Tür.

Es ist ein winziger Raum, an dessen Wände deckenhohe Regale stehen, die über und über mit Büchern gefüllt sind. Mehrere kleine Ledersessel stehen im ganzen Raum verteilt, die von Stehlampen beleuchtet werden. Lena tritt ein, schließt die Tür hinter sich und schaut sich in Ruhe um. Sie findet nicht nur russische Bücher, sondern auch zahlreiche Englische und sogar Deutsche. Selbst ihr Lieblingsbuch ist vorhanden, was sie glücklich aus dem Regal zieht, es sich auf einem der Sessel bequem macht und anfängt zu lesen.

Sie vergisst die Zeit total und steht erst auf, als sie bemerkt, dass sie auf die Toilette muss. Das Buch lässt sie aufgeschlagen auf dem Sessel liegen, während sie sich aus dem Raum schleicht und den Gang runterläuft.

«Lena!», ruft eine männliche Stimme und sie dreht sich panisch um. Vor ihr steht Vitali, der sie schockiert anguckt.

«Wo warst du? Ich habe die ganze Zeit nach dir gesucht. Viktor will dich sehen», sagt er.

«Ich war nur in der Bibliothek», antwortet sie verwundert. Sie hat nicht gewusst, dass das zu einem Problem werden könnte.

«Okay, ich muss vorher nur kurz auf die Toilette», sagt sie und Vitali bleibt vor dem kleinen Raum stehen, bevor er sie dann zu Viktor begleitet.

Der sitzt in seinem Büro und hat gerade ein Gespräch mit Thomas hinter sich. Er hat mit ihm darüber gesprochen, dass er Lena gerne für ein paar Tage «ausleihen» möchte, damit sie ihn mit auf das Boot begleitet.

Anfangs ist Viktor nicht sehr begeistert davon gewesen, schließlich hat er sich gerade an sie gewöhnt und daran, dass er sie so formen kann, wie er will und sie ihm immer mehr verfällt. Aber dann hat Thomas vorgeschlagen, dass er ihm sogar Geld dafür bezahlen würde.

«Ich komme natürlich für alle Kosten auf und zahle dir zusätzlich noch eine kleine Entschädigung. Du musst dir in der Zeit sicherlich andere Mädchen

bringen lassen», sagt er, was Viktor
hellhörig macht.

Auf die Idee, dass er Lena gegen Geld
verleihen könnte, ist er noch gar nicht
gekommen.

«Darauf würde ich mich einlassen»,
sagt er. «Aber gib mir noch etwas Zeit.
Ich bin noch nicht mit ihr fertig.
Wenn ich meine Ware anbiete, dann
soll sie perfekt sein.»

Die Beiden schütteln sich die Hände,
um das Geschäft zu besiegeln.
Zufrieden verlässt Thomas sein Büro
und tritt anschließend die Heimreise
an. Viktor will Lena in ihrem Zimmer
besuchen, kann sie aber nicht finden.
Er fragt die Putzfrauen, die sie
ebenfalls nicht gesehen haben und geht
davon aus, dass sie wieder mit Vitali
einen Ausflug macht, aber der sitzt in
seinem Büro und erledigt Papierkram.

«Sucht sie und bringt sie zu mir!», sagt
er zu seinen Männern, die daraufhin
das ganze Haus durchsuchen. Nur in
der Bibliothek hat keiner geschaut.

Mit einem schlechten Gefühl betritt
Lena sein Büro, doch zu ihrer
Überraschung lächelt er.

«Hallo Lena. Wo hast du dich denn
versteckt? Ich habe dich vorhin in
deinem Zimmer gesucht», sagt er und
sofort bereut sie es, dass sie unbedingt
in der Bibliothek statt in ihrem
Zimmer lesen wollte.

«Ich habe total die Zeit beim Lesen
vergessen», erklärt sie und setzt sich
ihm gegenüber.

«Kein Problem!», sagt Viktor nur
freundlich, steht von seinem Stuhl auf
und setzt sich ihr gegenüber auf seinen
Schreibtisch.

«Wie gefällt es dir hier? Bist du immer
noch zufrieden?», fragt er und wieder

steigt Lena sein unwiderstehlicher Duft in die Nase. Sie hofft, dass er sie gleich packen und über seinen Schreibtisch beugen wird, um sie hart von hinten zu ficken.

«Ja, ich fühle mich wohl», antwortet sie knapp, weil sie seinem intensiven Blick nicht so lange standhalten kann.

«Das freut mich. Wie hat dir Thomas gestern gefallen? War er nett zu dir?», fragt er und sie nickt.

«Er hat gefragt, ob ich ihn mit seine Yacht begleiten möchte», erzählt sie, während Viktor verständnisvoll nickt.

«Ja, das hat er mir eben erzählt. Er wollte meine Erlaubnis dafür. Natürlich darfst du mit ihm gehen, wenn du möchtest. Er hat ein sehr schönes Boot und um die Jahreszeit ist es auch sehr schön in Südfrankreich. Es ist noch warm, die Touristen sind alle weg und man kann stundenlang auf dem Deck liegen. Ich würde mitkommen, wenn ich könnte, aber zeitlich passt es leider nicht. Aber ich schicke Vitali mit, damit er auf dich aufpassen kann.»

Lena hat nicht erwartet, dass er zustimmen wird. Einerseits freut sie sich, weil sie noch nie auf einer Yacht war und stellt es sich toll vor. Es wäre auch eine schöne Abwechslung vom grauen Wetter hier. Andererseits misstraut sie Thomas noch immer und hat etwas Angst davor, so lange mit ihm in der Nähe zu sein, obwohl Vitali mitkommen wird.

«Hmm … ich bin mir noch nicht sicher, ob ich wirklich mitkommen will», sagt sie daher.

«Was spricht denn dagegen?», will Viktor von ihr wissen. Sie kann ihm schlecht sagen, dass sein Freund und wichtiger Geschäftspartner ihr Angst macht, weswegen sie nur mit den Schultern zuckt.

«Na also. Freu dich lieber auf die Sonne, das türkisblaue Wasser und das herrliche Essen, was Thomas' Koch jeden Tag für euch zaubern wird. Du wirst bestimmt viel Spaß haben», erwidert er und versucht sie somit zu überreden. Thomas hat ihm für diese Zeit eine sehr hohe Summe geboten, die er sich natürlich nicht entgehen lassen will. Außerdem hofft er natürlich auch, seine Geschäftsbeziehung mit ihm zu vertiefen, wenn Lena sich gut anstellt.

Er steht auf und greift nach Lenas Hand, um sie an sich zu ziehen. Zärtlich streichelt er ihr über die Wange und fängt dann an sie zu küssen. Sofort werden ihre Knie weich und sie verliert sich in diesem leidenschaftlichen Kuss. Unbemerkt öffnet er ihre Hose und streift sie langsam von ihren Beinen, bevor er sie dann umdreht und über den Schreibtisch beugt. Genau das, was sich Lena eben noch vorgestellt hat.

Sie spürt, dass sich augenblicklich feucht wird und zuckt zusammen, als sie Viktors Finger an ihrer nassen Pussy spürt. Sie legt ihren Kopf auf dem Tisch ab, während Viktor ihre Hände hinter ihrem Rücken verschränkt festhält. Sie hört das Klimpern seiner Gürtelschnalle und weiß, dass er jetzt seinen Schwanz rausholen wird, um sie damit zu ficken. Erwartungsvoll stellt sie ihre Beine ein Stückchen auseinander, um ihn gleich aufnehmen zu können und merkt nur wenig später, wie sich seine pralle Latte gegen ihren Eingang drückt.

Mit einem kräftigen Stoß gleitet er in sie und beginnt sie hart und schnell zu ficken.

Lena stöhnt und keucht, hält ihre Augen geschlossen, um jeden Stoß zu genießen. Nach nur wenigen Minuten ist aber alles vorbei und sie fühlt, wie sein warmer Saft ihr zwischen die Beine läuft.

«Du machst mich einfach zu geil. Ich konnte mich nicht beherrschen», flüstert er ihr ins Ohr, bevor er sie dann wieder loslässt.

«Ich muss mich noch um etwas kümmern, später habe ich dann etwas mehr Zeit für dich. Komm doch heute Abend mal auf mein Zimmer. Ich würde dir gerne etwas zeigen», sagt er.

Lena verlässt das Büro wieder und strahlt. Sie kann es kaum erwarten, dass sie später endlich mehr Zeit mit Viktor verbringen darf und ist schon

ganz neugierig auf das, was er ihr
zeigen möchte.

# Die Ausbildung

Vor der Tür steht Vitali und sieht, dass sie bis über beide Ohren grinst.

«Was ist denn los? Lässt er dich wieder gehen?», fragt er, weil er sich nicht erklären kann, was sie so glücklich macht.

«Ach nein. Viktor hat mir nur gerade gesagt, dass ich bald für ein paar Tage mit auf Thomas Yacht darf. Ich wollte schon immer mal auf eine Yacht», lügt sie. Sie will ihm nicht gestehen, dass sie total in Viktor verknallt ist, weil ihr das selbst irgendwie ein wenig albern vorkommt.

«Auf die Yacht von Thomas sagst du?», erwidert Vitali überrascht. Er arbeitet schon so lange in diesem Business, dass er weiß, dass sich kein Mädchen über so eine Einladung freuen sollte.

Thomas ist dafür bekannt, dass er es auf den Partys auf seinem Boot immer besonders krachen lässt. Die Mädchen bekommen unbemerkt Drogen eingeflößt, damit sie willenlos sind und er alles mit ihnen machen kann. Er lädt unzählige Freunde dazu ein und das große Highlight am Ende ist immer die Versteigerung der Mädchen, die nach den paar Tagen voller Sex und Drogen natürlich schon so entkräftet sind, dass sie alles über sich ergehen lassen.

«Du sollst mich übrigens begleiten», reißt Lena ihn aus seinen Gedanken.

«Ich? Wirklich?», fragt er erstaunt.

Eigentlich interessiert sich Viktor nicht für die Mädchen, die sonst bei ihm wohnen. In Lena scheint er wirklich eine große Einnahmequelle zu sehen. Er schaut zu, wie Lena fröhlich zurück in ihr Zimmer läuft und weiß, dass er diesen Ausflug auf die Yacht unbedingt verhindern muss.

Dann klopft er an Viktors Bürotür, der ihn sofort hereinbittet.

«Ah Vitali. Sehr gut. Mit dir wollte ich sprechen. Setz dich doch», fordert er ihn auf und Vitali lässt sich auf dem Stuhl ihm gegenüber nieder.

«Thomas hat mich vorhin gefragt, ob er sich Lena für ein paar Tage ausleihen darf, damit sie ihn auf seine Yacht begleitet. Ich konnte natürlich nicht nein sagen, auch wenn ich mich nicht so ganz wohl bei der Sache fühle. Ich weiß ja, was er da für Partys veranstaltet und wie er mit den Mädchen umgeht. Die meisten sind danach für nichts mehr zu gebrauchen. Aber du weißt ja, dass ich große Pläne mit Lena habe. Du sollst sie also begleiten und dafür sorgen, dass sie nicht an diesen ganzen kranken Partys teilnimmt. Ich will nicht, dass später irgendwelche Videos von ihr auftauchen, die er immer macht und sie beim Sex mit zwanzig Männern zeigt. Das wird nur ihren Preis drücken. Sie soll weiterhin das unschuldige Mädchen von nebenan sein, das erst versaut ist, wenn sich die Schlafzimmertüren schließen», erklärt er, was Vitali ein wenig beruhigt. Auch wenn er weiß, dass ihr danach viel Schlimmeres blüht, wenn Viktor sie erstmal zum Verkauf anbietet. Aber zumindest auf dieser Reise kann er mit Viktors Segen dafür sorgen, dass ihr nichts passiert.

«Wie soll ich ihn denn davon abhalten, sie daran teilzunehmen zu lassen?», fragt er, denn er weiß, dass Thomas keine Widerworte duldet und es nicht so einfach wird, Lena von ihm fernzuhalten. Da muss er wirklich gute Gründe und Methoden kennen.

«Hmm … gute Frage. Lass dir was einfallen. Ich zähle auf dich! Er kann sie meinetwegen ficken und die anderen Männer auch. Alles andere wäre wahrscheinlich auch zu auffällig. Aber ich will keine Videos, hast du verstanden?», antwortet Viktor, woraufhin Vitali nickt.

Auf dem schnellsten Weg hat sich Lena zurück in ihr Zimmer begeben und sich von Magda Essen bringen lassen. Sie will nicht mehr riskieren, dass Viktor noch einmal in ihrem Zimmer auftaucht, während sie nicht da ist. Nachdem sie ihre Lieblingsnudeln mit Spinat und Lachs gegessen hat, lässt sie sich ein heißes Bad ein, um ausführlich ihren Körper zu reinigen, bevor sie später zu Viktor geht. Sie fragt sich die ganze Zeit, was er wohl für sie geplant hat. Vielleicht will er ja auch mit ihr baden gehen. Oder will überall Kerzen und Rosenblätter verteilen, um dann ganz romantisch mit ihr zu schlafen? Sie kann noch immer nicht aufhören zu grinsen und sucht sich nach dem Bad ein paar schöne Dessous raus, die Viktor gefallen könnten. Darüber zieht sie ein lockeres Kleid an, was sie schnell ausziehen kann. Anschließend setzt sie sich auf ihr Sofa und wartet. Da fällt ihr das Buch wieder ein, was sie in der Bibliothek liegen lassen hat. Sie schaut auf die Uhr. Bisher hat sich Viktor noch nicht mit einer genauen Zeit gemeldet, was aber jeden Moment so weit sein könnte. Trotzdem möchte sie das Buch unbedingt bei sich haben, weswegen sie beschließt schnell runter zu huschen und es zu holen. Sie lässt absichtlich alle Türen auf, damit sie auch gefunden werden kann und zuckt überrascht zusammen, als sie Licht in der Bibliothek brennen sieht.

«Oh Entschuldigung», murmelt sie, als sie sieht, dass jemand liest. Sie schaut genauer hin und erkennt dann, dass es Vitali ist, der ihr Lieblingsbuch auf Englisch in der Hand hält.

«Oh, du bist es», sagt er, als er aufblickt, als die Tür aufgeht.

«Ja, ich wollte nur schnell das Buch holen», sagt sie und deutet auf einen der Ledersessel, auf dem ihr Buch noch immer aufgeschlagen liegt. Schnell huscht sie in den Raum, greift nach dem Buch und will dann sofort wieder verschwinden.

«Warte mal. Was liest du denn da?», will Vitali interessiert wissen.

Lena zeigt ihm den Buchrücken und er versucht den Autorennamen zu lesen.

«Von dem lese ich auch gerade etwas», sagt er und hebt sein Buch hoch. Lena grinst, als sie den englischen Originaltitel liest.

«Das ist das gleiche Buch», sagt sie und beschließt doch noch etwas zu bleiben. Es ist lange her, dass sie sich mit jemandem über Literatur austauschen konnte.

«Wie gefällt es dir bisher?», will sie von ihm wissen.

«Es ist mein Lieblingsbuch. Ich habe es schon ein paar Mal gelesen», sagt er zu ihrem erstaunen.

«Ach wirklich? Es ist auch mein Lieblingsbuch!», sagt sie begeistert. Sie fangen an, sich darüber zu unterhalten und wieder vergisst Lena die Zeit vollkommen, bis sich von jemandem unterbrochen werden. Es ist Dimitri, Vitalis Bruder.

«Der Boss sucht dich, Lena», sagt er und wartet darauf, dass Lena aufsteht und er sie begleitet. Sie hält noch immer das Buch in der Hand, was sie dann wieder zurücklegt. Bei Viktor wird sie das sicherlich nicht brauchen.

«Ich soll dich zu seinem Zimmer führen», sagt Dimitri und läuft mit ihr in den zweiten Stock. Sie befinden sich in einem abgesperrten Bereich, der nur mit einem Schlüssel betreten werden kann. Dahinter liegen noch ein paar Zimmer und eine große Flügeltür, vor der er stehen bleibt.

«Hier», sagt er und öffnet Lena die Tür. Er lässt sie eintreten und sie muss sich erst einmal in diesem riesigen Zimmer umblicken.

«Wow…», sagt sie ehrfurchtsvoll. Ihr Zimmer kommt ihr jedes Mal schon groß und traumhaft vor, aber das hier toppte wirklich alles. Sogar die Suite, die Thomas bewohnt hat. Das Zimmer teilt sich in mehrere Räume und wirkt eher wie eine kleine Wohnung. Der

Wohnbereich ist mit weißen Marmorfliesen ausgelegt, die bis zu dem großzügigen Badezimmer führen. In der Mitte thront ein großer heller Sitzbereich in dessen Mitte ein gläserner Tisch mit zahlreichen Zeitschriften und einigen Gläsern steht. Drum herum drapieren sich verschiedene Kunstwerke. Eine Bar und ein Essbereich stehen ihm hier zur Verfügung. Nur eine Küche gibt es nicht. Wahrscheinlich lässt er sich alles raufbringen. Lena läuft durch den großen Wohnbereich auf der Suche nach Viktor, der in seinem Schlafzimmer steht. Ein flauschiger, heller Teppich liegt auf dem Boden und Viktor findet sie vor seinem großen Bett wieder. Er hat sein Jackett und seine Krawatte abgelegt und die obersten Knöpfe seines Hemdes geöffnet. Als er sich umdreht, weil er ihre Schritte bemerkt hat, zieht er sich gerade den Gürtel durch die Schlaufen und hält ihn in der Hand.

«Ah, da bist du ja. Willkommen. Gefällt es dir hier?», fragt er, woraufhin Lena nickt.

Sie hat sich noch immer nicht komplett umgesehen, weil es hier so viel zu entdecken gibt. Sie bemerkt eine kleine Tür, die von seinem Schlafzimmer ab geht, hinter der sich wahrscheinlich sein Ankleidezimmer befindet.

«Das freut mich», erwidert er und lächelt dabei. Sorgfältig rollt er den Gürtel zusammen und legt ihn dann über die kleine Bank, die vor seinem Bett steht.

Lena guckt sich weiterhin um, kann aber nicht erkennen, was er vorbereitet hat. Auf dem Bett liegen weder Rosenblätter noch hat er Kerze aufgestellt und angezündet. Sie schaut jetzt dabei zu, wie er sich auf die Bank setzt und die Schleifen an seinen Lederschuhen öffnet und heraus schlüpft. Er streift sich ebenfalls die Socken von den Füßen und kommt jetzt barfuß auf Lena zu.

«Ich möchte dir etwas zeigen», sagt er, streckt seine Hand heraus und führt sie durch die kleine Tür.

Es verbirgt sich tatsächlich ein großzügiger Ankleideraum dahinter, aber auch eine weitere Tür, die sie in ein kleineres Zimmer führen. Verwirrt blickt sie sich in diesem Raum um, der über kein Fenster verfügt, während alle anderen Zimmer großzügig mit Tageslicht durchflutet werden.

«Was ist das hier?», will sie wissen und sieht sich die dunklen Möbel an, die an den Wänden stehen. Die Wände sind in einem dunklen bordeauxrot gestrichen und der Boden ist mit Parkett ausgelegt. Er passt irgendwie nicht so zum Rest seines Reiches.

«Hier vergnüge ich mich manchmal», sagt er und öffnet zwei schwarze Türen, die in die Wand eingelassen sind. Dahinter kommt ein mit roter Samt ausgelegter Schrank zum Vorschein, in dem mehrere Peitschen an Haken hängen. Erschrocken zuckt Lena zusammen.

«Du musst keine Angst haben. Ich mache nichts, was dir nicht gefällt», beruhigt er sie sofort.

«Aber ich habe mir gedacht, dass du das vielleicht gerne einmal ausprobieren möchtest.» Lena tritt näher und schaut sich die Peitschen genauer an. Sie streichelt über das feine Leder, über die glatten Stiele und traut sich eine davon in die Hand zu nehmen.

Mit so etwas ist sie bisher noch nie in Berührung gekommen. Sie kennt es aus Büchern und aus Filmen und weiß, dass einige Paare darauf stehen, wenn sie so etwas beim Sex zum Einsatz bringen, hat sich aber noch nie vorgestellt, so etwas selbst zu benutzen. Die zarten Lederbänder lässt sie über ihre Haut gleiten, bis sie leicht damit zuschlägt. Es kitzelt jedoch nur ein wenig.

«Darf ich?», fragt Viktor und nimmt ihr dann die Peitsche aus der Hand. Wie er dort mit seinem offenen Hemd, seiner engen Anzughose und barfuß mit der Peitsche steht, macht sie schon ein wenig an. Sie kann sich gut vorstellen, dass sie das mal mit ihm ausprobieren möchte.

Er greift nach ihren Arm und fährt vorsichtig mit der Peitsche darüber. Als die Lederriemen über ihre Haut gleiten, sorgt das für Gänsehaut bei ihr.

«Mhh», macht sie und stellt sich vor, wie er damit noch über andere Stellen ihres Körpers fährt.

Plötzlich holt er aus und trifft sie schmerzhaft auf ihrem Arm. Erschrocken zuckt sie zusammen und schaut auf die rote Stelle an ihrem Unterarm. Es brennt ein wenig, aber ist auszuhalten.

«War das schlimm?», fragt er und Lena schüttelt den Kopf.

«Willst du mehr?» Und jetzt nickt sie.

Viktor klappt eine der Bänke runter, die mit einem roten Lederpolster bezogen ist.

«Zieh dich aus», sagt er in einem strengen Tonfall und sofort zieht sich Lena das Kleid über den Kopf und guckt ihn danach an.

«Komplett.»

Schnell befreit sie sich von ihren schwarzen Dessous und bleibt vollkommen nackt vor ihm stehen.

«Knie dich auf die Bank», befiehlt er ihr und Lena merkt, wie sein Befehlston sie immer feuchter werden lässt.

Mit den Händen stützt sie sich auf der Bank ab, während ihr Arsch nach oben ragt und sie auf den weiteren Verlauf gespannt ist.

Viktor fährt mit der Peitsche über ihren Rücken und wieder bildet sich Gänsehaut bei ihr. Dann konzentriert er sich auf ihren Po, der besonders empfänglich für jegliche Berührungen ist und sie wünscht sich, dass er endlich mit der Peitsche zuschlägt. Aber er macht sanft weiter, fährt ihre Wirbelsäule nach, lässt die Bänder über ihre Beine fahren und als sie nicht damit rechnet, schlägt er zu.

Überrascht zuckt Lena zusammen, als er ihren Arsch damit trifft.

«Zu fest?», fragt er, doch sie schüttelt mit dem Kopf.

Es ist angenehm gewesen und tut ihr überhaupt nicht weh. Er wiederholt den Schlag auf der anderen Seite und sie genießt das Kribbeln, das er verursacht. Noch einmal schlägt Viktor mit der Peitsche zu und trifft dabei auf die gleiche Stelle, was schon etwas mehr weh tut, aber auch das genießt Lena. Sie hätte nie gedacht, dass sie an so etwas Gefallen finden könnte.

«Soll ich aufhören?», will er von ihr wissen und wieder schüttelt sie den Kopf. Daher macht er weiter und wiederholt die Schläge noch ein paar Mal, bis sie den Schmerz nicht mehr erträgt. Ihr wird heiß und ihr Arsch brennt, aber sie möchte vor Viktor nicht schwach erscheinen und mehr aushalten. Daher beißt sie die Zähne zusammen, als er noch einmal zuschlägt.

Er merkt, wie sie zuckt und anfängt zu zittern. Mit der Hand fährt er über die roten Stellen auf ihren Arsch und sie entspannt sich, als sie die Berührungen durch ihn spürt.

«Das hast du gut gemacht», lobt er sie und wieder spürt sie Stolz. Sie mag es von ihm gelobt zu werden.

Er hängt die Peitsche zurück in den Schrank und kramt etwas anderes hervor. Sie kann nicht ganz genau erkennen, was es genau ist, aber als er hinter ihr steht, hofft sie, dass er jetzt mit etwas in sie eindringen wird, denn das alles macht sie unglaublich an.

Sie spürt etwas kaltes und hartes an ihrem Schritt und merkt, wie er damit durch ihre nasse Muschi fährt. Aber

anstatt es in sie zu drücken, fährt er
weiter nach oben zu ihrem Arschloch.

«Zähne zusammenbeißen», sagt er und
kaum, dass Lena begreifen kann, was
er damit meint, drückt er ihr einen
Plug in ihr enges Loch.

Sie spürt, wie er sie aufdehnt und das
befreiende Gefühl, als sie die dickste
Stelle geschafft hat und der Rest wie
von alleine in sie rutscht.

«Gut gemacht», lobt er sie noch einmal
und hilft ihr dann von der Bank
runter.

«Knie dich auf den Boden», sagt er
und öffnet dabei seine Hose. Gierig
schaut Lena zu, wie er sie zu Boden
sinken lässt, während sie auf der Höhe
seines Schrittes kniet.

Sein großer, harter Schwanz befindet
sich nun direkt vor ihrem Gesicht. Sie
möchte die Hand danach ausstrecken,
aber er hält sie zurück.

«Leg deine Hände auf deine Beine», befiehlt er ihr und sofort macht sie, was er sagt.

Danach greift er nach ihren Kopf, zieht ihn ein kleines Stück nach oben und drückt dann seinen Schwanz gegen ihren geschlossenen Mund.

«Mund auf», sagt er.

Lena öffnet ihren Mund und spürt, wie sein harter Prügel langsam in ihren Mund gleitet. Der Druck wird nicht geringer, als er hinten am Rachen anstößt, sondern er verstärkt ihn noch ein wenig. Tapfer versucht Lena ihn weiter aufzunehmen, bis ihr die Tränen in die Augen steigen und über ihre Wangen laufen.

«Nur noch ein kleines Stück», sagt Viktor und schiebt seinen Schwanz noch etwas tiefer bis er komplett in ihr steckt.

«So ist es gut», lobt er sie und hält für einen Moment still, um den Anblick zu genießen, wie sein großer Prügel in ihrem Hals steckt.

Danach zieht er ihn langsam wieder raus.

«Das hast du sehr gut gemacht», sagt er und hilft ihr wieder hoch. Auch dieses Mal ist sie wieder mit Stolz erfüllt und befreit ihr Gesicht von den Tränen.

«Kennst du das?», fragt er und deutet auf ein Kreuz, das an der Wand steht. An den Enden befinden sich Fesseln, die für Hände und Füße gedacht sind.

«Nein», sagt Lena und betrachtet das Kreuz neugierig.

«Willst du es ausprobieren?»

Sie nickt und Viktor bringt sie in die richtige Position. Mit dem Rücken stellt sie sich an das Kreuz, ihre Beine stellt sie weit auseinander, damit die Fessel ihre Füße umschließen können.

Anschließend zieht Viktor ihre Arme nach oben und legt die anderen beiden Fesseln um ihre Handgelenke.

«Stehst du bequem?», fragt er.

«Ja.»

Lena ist nervös. Sie ist ihm in diesem kleinen Zimmer nun vollkommen ausgeliefert. Keiner wird sie hören können, wenn sie schreien sollte, aber anstatt dass es Panik bei ihr auslöst, gefällt ihr der Gedanke, dass Viktor nun mit ihr machen kann, was er will. Wieder geht er zu dem kleinen Schrank und kramt etwas hervor. Es klimpert und sie sieht, wie er eine lange Kette mit zwei Klammern hervorholt. Auch das hat sie noch nie zuvor gesehen.

Er steht nun ganz nah vor ihr und befestigt die beiden Klammern an ihren Brustwarzen. Sie erwartet Schmerz, als er sie anlegt, aber sie spürt kaum etwas bis er an den Schrauben dreht, die an den Klammern befestigt sind. Damit zieht er sie fester zusammen, was sich natürlich bei ihr bemerkbar macht. Sie spürt den immer stärker werdenden Druck an ihren Nippeln und verzieht das Gesicht.

«Zu viel?», fragt er, aber Lena würde es nicht wagen, auf diese Frage mit ja zu antworten und schüttelt weiterhin ihren Kopf.

Er dreht die Klammern fester zu und Lena stöhnt auf.

«Das machst du wirklich gut», lobt er sie, während er von ihr ablässt und beobachtet, wie der Schmerz durch ihren Körper fährt. Sie zappelt ein wenig, bleibt ansonsten aber ruhig und macht keine Anstalten die Klammern oder Fesseln wieder loswerden zu wollen.

Viktor ist sehr zufrieden und weiß, dass man mit ihr noch viel mehr anstellen kann.

Wieder läuft er zu dem kleinen Schrank und holt etwas hervor. Wieder kann Lena nicht sehen, was es ist und versucht zu erahnen, was Viktor in der Hand hält.

«Du würdest wohl gerne wissen, was dich als Nächstes erwartet, nicht wahr?», fragt er, woraufhin Lena nickt.

«Das sage ich dir nicht», sagt er, dreht sich noch einmal um und nimmt etwas von einem Haken an der Wand ab. Er tritt auf Lena zu und legt ein Stück Stoff über ihre Augen, was er hinter ihrem Kopf zuknotet.

Sie ist ihm jetzt nicht nur vollkommen hilflos ausgeliefert, sondern kann auch nicht sehen, was Viktor als Nächstes mit ihr anstellen wird.

Dann hört sie lautes Summen und fragt sich, was das wohl sein mag. Sie kann Viktors Duft und seine Wärme wahrnehmen. Er muss jetzt direkt vor ihr stehen. Plötzlich durchschießt sie ein ungewohntes, aber doch auch angenehmes Gefühl. Ein Vibrator.

Viktor hält ihn direkt an ihren geschwollenen Kitzler und verharrt dort für einen Moment. Lenas Körper zieht sich zusammen. Das Gefühl ist intensiv, aber lange würde sie diesem Reiz nicht standhalten können.

«Komm ruhig», sagt Viktor zu ihrer Erleichterung und all die angesammelte Lust in ihrem Körper lässt sie mit einem lauten, tiefen Seufzen raus. Statt den Vibrator aber von ihrer empfindlichen Perle zu nehmen, lässt er ihn an Ort und Stelle. Lena windet sich hin und her. Das einst angenehme Gefühl hat sich in ein unangenehmes verwandelt. Es kribbelt und schmerzt fast ein wenig und ist für ihren Geschmack jetzt etwas zu intensiv.

Sie versucht, dem Vibrator zu entkommen, aber Viktor hält ihn weiterhin an ihren Kitzler.

Ihr wird immer heißer und sie spürt, wie der Schweiß ihr am Rücken herunter läuft. Ihr Körper spannt sich ununterbrochen an und sie merkt, wie ihr die Kräfte schwinden. Zu allem Überfluss wird der Schmerz an ihren Brüsten langsam unerträglich, aber der rückt langsam in den Hintergrund, denn dann überkommt es sie ein weiteres Mal. Sie zuckt, stöhnt und lässt sich in die Fesseln fallen. Sie hofft, dass Viktor jetzt mit ihr fertig ist und endlich den Vibrator ausschaltet, aber er macht weiter.

«Komm. Ein paar mal schaffst du noch», sagt er und Lena versucht sich für ihn anzustrengen. Sie streckt ihren Körper wieder, spürt, wie stark ihre Perle stimuliert wird und versucht sich darauf zu konzentrieren, ein weiteres mal zu kommen. Und das gelingt ihr auch. Wieder spannt sich ihr Bauch an und ihr Unterleib zuckt rhythmisch.

«Das machst du sehr gut. Noch einmal», lobt Viktor sie.

Lena ist völlig außer Atem, möchte ihm aber um jeden Preis gefallen, weswegen sie sich noch einmal zusammenreißt und ein letztes Mal kommt.

Erleichtert spürt sie, wie Viktor den Vibrator endlich von ihr wegnimmt und hört, wie er ihn ausschaltet.

«Das hast du sehr gut gemacht», lobt er sie, löst dabei ihre Fesseln und entfernt die Klammern, was einen stechenden

Schmerz in ihr auslöst. Sie traut sich nicht, die Augenmaske von ihrem Gesicht zu ziehen und wartet blind auf seine weiteren Anweisungen.

Er spürt ihre Hände auf ihrer Schulter und den leichten Druck, den sie ausüben, um sie in eine andere Ecke des Raumes zu schieben.

«Knie dich darauf», sagt er und vorsichtig setzt Lena einen Fuß vor den anderen und stößt dabei auf etwas Hartes. Sie bückt sich, bekommt dabei eine harte Holzbank zu fassen und kniet sich vorsichtig darauf.

Viktor steht direkt hinter ihr und fährt mit seinen Händen über ihren Arsch, bis er sich ihrem Schritt immer weiter nähert. Sofort zuckt sie zusammen, als seine Finger ihre nasse Pussy berühren, die noch immer pocht und empfindlich ist.

Er widmet sich dem Plug, der in ihrem Arsch steckt und spielt ein wenig damit herum bis er ihn langsam rauszieht und wieder reinschiebt, bis sich ihr Schließmuskel etwas entspannt hat.

Sie hört, wie er das schwere Teil abstellt und hofft, dass jetzt der Moment ist, an dem er sie endlich ficken wird. Aber stattdessen drückt sich etwas anderes in sie. Etwas Größeres.

«Das ist ein größerer Plug», erklärt er und Lena spürt, wie er sie deutlich stärker aufdehnt als der Letzte. Wieder beißt sie die Zähne zusammen, als der Dehnungsschmerz durch ihren Körper fährt und atmet erleichtert auf, als der Plug fest in ihr sitzt.

«Steh auf», sagt Viktor und verwundert stellt sie einen Fuß zurück auf den

Boden. Will er sie jetzt gar nicht ficken?

Sie spürt wieder seine Hände an ihrem Kopf und kann wenig später wieder den Raum sehen, weil er ihre Augenbinde gelöst hat. Ist er jetzt etwa schon mit ihr fertig?

Viktor ruft irgendetwas auf Russisch in die Richtung der Tür. Verwundert blickt sich Lena um und sieht wie ein großer, recht junger Mann hereinkommt. Es ist einer von Viktors Sicherheitsangestellten. Er ist breit gebaut, hat kurz geschorene Haare und ein genau so bedrohliches Aussehen wie Dimitri und Vitali.

«Zieh ihm die Hose aus», sagt er nun zu Lena, die für einen Moment gelähmt ist.

Weiß der Mann Bescheid, was hier drin vor sich geht. Wundert er sich nicht, dass sie komplett nackt ist?

«Mach schon!», drängt Viktor sie nun und sofort geht sie vor ihm und knüpft den Knopf seiner Hose auf, um sie dann zusammen mit seiner Boxershorts herunter zu ziehen. Zum Vorschein kommt ein gewaltiger Schwanz, der halbhart nach oben ragt.

«Mach ihn hart», befiehlt Viktor nun, der um sie herum geht und dabei zuguckt, wie Lena mit dem Riesenteil kämpft. Sie kann ihn kaum umfassen und hat Mühe damit ihn mit dem Mund aufzunehmen, aber ihre Berührungen scheinen Wirkung zu zeigen und der Prügel richtet sich langsam vor ihr auf und wird sogar noch größer.

Wieder sagt Viktor etwas auf Russisch zu dem jungen Mann, der sich daraufhin auf die Bank setzt.

«Mach weiter», befiehlt Viktor Lena jetzt, die sich zwischen seine Beine kniet. Sie spürt, wie seine Hände sich auf ihren Kopf legen und versuchen seinen Schwanz noch tiefer in ihren Hals zu schieben, was sie zum Würgen bringt.

«Nicht aufgeben. Du schaffst das», redet Viktor ihr zu, während er an dem Plug in ihrem Arsch herumspielt. Wieder drückt er darauf, zieht ihn leicht raus und drückt ihn dann wieder rein. Als er ihn problemlos raus und rein schieben kann, entfernt er ihn wieder.

Wieder hört Lena, wie er seine Hose öffnet und spürt nur wenige Sekunden später, wie sich sein harter Schwanz gegen ihren gedehnten Arsch drückt. Ohne Probleme gleitet er in sie hinein und fängt sofort an, sie mit harten und kräftigen Stößen zu ficken, während er ihren Kopf tiefer auf den Schwanz vor ihr drückt.

Das Gefühl Viktor in ihrem Arsch zu haben, während ein Riesenprügel immer tiefer in ihren Hals geschoben wird, ist einfach unglaublich. Es fühlt sich so versaut, aber auch gleichzeitig sehr geil an, was sie nie für möglich gehalten hat.

Viktors Stöhnen wird immer lauter, seine Stöße heftiger und nur wenig später merkt Lena, wie sein warmer Saft in sie schießt und spürt deutlich, wie sein Schwanz in ihr zuckt. Seine Hände liegen jedoch immer noch auf ihrem Kopf und drücken sie unaufhörlich auf das Monsterteil vor ihr, das nur mit Mühe immer tiefer in sie eindringt.

Dann zieht sich Viktor plötzlich zurück, lässt auch ihren Kopf los und sagt wieder etwas auf Russisch zu dem fremden Mann. Der steht daraufhin auf und stellt sich hinter Lena.

Ehe sie hoffen kann, dass er ihre Pussy und nicht ihren Arsch fickt, spürt sie, wie sein großer Schwanz sich in ihr aufgedehntes Loch bohrt.

Sie merkt, dass Viktor sie genau beobachtet und versucht still zu bleiben als die große Eichel ihren engen Eingang passiert und der Dehnungsschmerz für Gänsehaut auf ihrem Körper sorgt.

«Gut machst du das», lobt Viktor sie wieder und gibt dem Mann ein Zeichen, dass er schneller machen soll. Der Rest seines Schwanzes folgt und er beginnt sich in einem rhythmischen Tempo zu bewegen. Langsam fängt Lena an, sich an seine gewaltige Größe zu gewöhnen und kann die Stöße immer mehr genießen. Sie hätte es niemals für möglich gehalten, dass sie diesen Monsterprügel in sich aufnehmen könnte, aber die Tatsache, dass sie es geschafft hat, erfüllt sie mit Stolz.

Ihr Stöhnen wird genau wie das von dem jungen Mann hinter ihr, immer lauter und dann spürt sie erneut sein Zucken und wie sein heißer Saft sie füllt.

Schnell zieht er sich wieder zurück und verlässt nach ein paar Worten von Viktor wieder den Raum.

Lena richtet sich wieder auf und schaut Viktor erwartungsvoll an. Hat er noch mehr geplant?

«Du hast dich heute sehr gut angestellt, Lena», beginnt er. «Und ich denke, dass es für den Anfang genügt. Wir können morgen gerne weitermachen, wenn du möchtest.» Ohne zu zögern nickt sie. Sie will unbedingt noch mehr erleben und ist gespannt auf das, was er sich sonst noch so für sie überlegt.

«Du kannst jetzt wieder gehen. Dimitri bringt dich gleich wieder zurück.»

Hastig zieht sie sich an und verlässt dann sein Zimmer.

«Gehen wir», sagt Dimitri, als Lena die Tür öffnet.

Er führt sie aus dem abgesperrten Bereich wieder heraus und setzt sie vor ihrem Zimmer wieder ab. Ohne ein Wort zusagen, geht er davon.

Als Lena zurück in ihrem Zimmer ist, lässt sie sofort das Wasser der Dusche heiß laufen und betrachtet sich im Spiegel. Ihre Haare sind zerzaust, die Mascara ist verlaufen. Man sieht deutlich, was sie in den letzten Stunden getrieben hat. Schnell befreit sie sich von den Spuren und wickelt ihren Körper in einen flauschigen Bademantel ein, bevor sie sich dann auf ihr Sofa setzt. Sie will nach einer Zeitschrift greifen, die sie Magda abgeschwatzt hat und bemerkt plötzlich, dass ein Buch auf ihrem Tisch liegt. Verwundert nimmt sie es in die Hand. Es ist die Ausgabe ihres Lieblingsbuches aus der Bibliothek. Wie kommt das denn hier rein? Sie hat es doch vorhin gar nicht mehr geschafft, es in ihr Zimmer zu bringen. Sie dreht es hin und her und bemerkt dann, wie ein Zettel heraus fällt.

«Damit du dich nicht wieder in die Bibliothek schleichen musst, Vitali», steht darauf.

Lena freut sich sehr über das Buch und auch darüber, dass er so aufmerksam gewesen ist und es extra in ihr Zimmer gebracht hat. Unwillkürlich muss sie über ihn nachdenken und über das Gespräch, was sie vorhin geführt haben. Sie mag ihn von Tag zu Tag ein wenig mehr und merkt, dass sie immer vertrauter miteinander werden.

Sie schlägt das Buch auf, liest zwei Seiten und schläft dann erschöpft ein.

Zufrieden bleibt Viktor in seinem Reich zurück und sagt seiner persönlichen Putzfrau Bescheid, dass sie sich um sein kleines Spielzimmer kümmern soll. Natürlich macht er die Sauerei nicht selbst weg, die gerade hinterlassen hat.

Er ist erstaunt, dass Lena so viel aufnehmen und vertragen kann und freut sich auf den Zeitpunkt, an dem er sie endlich verkaufen kann. Sie benötigt so viel mehr Aufmerksamkeit und Mühe als die anderen Mädchen, die er zu Sexsklaven ausgebildet hat.

Die hat er einfach nur für eine Woche in eins der Zimmer im obersten Stock untergebracht und sie dann jeden Abend in sein Spielzimmer geholt. Er hat sich nicht bei ihnen erkundigt, ob es zu schnell geht, ob es ihr gefällt und ob sie weitermachen will, sondern nur das gemacht, was für die Ausbildung wichtig gewesen ist. Und das ist einzig und allein, dass sie ihrem zukünftigen Besitzer gehorcht und alles macht, was er von ihr verlangt. Natürlich sind auch ihre sexuellen Fähigkeiten dafür wichtig. So muss sie jederzeit dazu in der Lage sein einen sehr großen Schwanz anal und oral aufnehmen zu können und auch mal größere Schmerzen aushalten, wenn ihr Besitzer sie mit der Peitsche bearbeiten möchte. Viktor kann es sich nicht erlauben, dass er eins der Mädchen zu viele Widerworte gibt und ihm in Verruf bringt.

Aber diese Mädchen sind alle freiwillig bei ihm gewesen, weil sie selbst als Sexsklave ein besseres Leben führen als bei ihrer Familie.

Lena dagegen kommt aus gutem Haus und hat andere Möglichkeiten im Leben, was sie dem Käufer auch deutlich machen soll. Er soll das Gefühl haben, dass sie sich freiwillig für das Leben als Sexsklavin entschieden hat, aus purer Lust darauf und nicht weil, sie dazu gezwungen wurde.

Daher muss Viktor die Sache mit ihr anders angehen und ist zufrieden mit der Entwicklung, die sie durchlebt.

Er beschließt noch einmal in sein Büro zu gehen, um ein paar Anrufe zu erledigen und trifft dabei auf Vitali, der seine Schicht gerade beendet hat.

«Hey Vitali. Fang schon mal an zu packen. In zwei Tagen geht es los nach Südfrankreich!», sagt er fröhlich zu ihm.

«Alles klar, Boss», erwidert der nur und will weitergehen. Aber Viktor fällt noch etwas ein.

«Ach ja. Und ich erinnere dich noch einmal daran, weil es wirklich wichtig ist. Keine Videos oder Fotos bei Thomas Gangbangs. Wenn ich Lena bald verkaufe, dann will ich sie als deutsches Mädchen verkaufen, das freiwillig ihr Studium abgebrochen hat, um Sexsklavin zu werden. Da sollen solche Videos nicht von ihr existieren, auf denen es so aussehen könnte, dass sie zu irgendwas gezwungen wird. Ich weiß ja, dass das bei Thomas oft der Fall ist. Sie muss unbedingt dieses Image behalten, verstanden?»

Wieder nickt Vitali und ihm wird ganz mulmig bei dem Gedanken an den späteren Verkauf von ihr und auch daran, dass sie zusammen mit Thomas auf einem Boot ist und bei seinen Partys mitmachen muss.

Er wünscht seinem Boss eine gute Nacht und zieht sich dann in sein Zimmer zurück. Als er vorhin für Lena das Buch aus der Bibliothek besorgt hat, hat er sich die englische Ausgabe ebenfalls mitgenommen. Ihm geht das Gespräch mit ihr darüber nicht mehr aus dem Kopf und möchte es gerne mit ihr weiterführen, weswegen er noch einmal das Buch durchgeht, um sich weiter mit ihr darüber austauschen zu können.

In den letzten Tagen ist sie zu der Person geworden, mit der er sich am liebsten unterhält und ihm fällt es inzwischen immer schwerer, sie ständig zu Viktor bringen zu müssen, weil er weiß, was er mit ihr anstellt.

Er ist schon früher für die anderen Mädchen zuständig gewesen und weiß, wie hart er zu ihnen sein kann. Aber sein schlechtes Gewissen hat er immer damit beruhigt, dass sie es freiwillig machen und nicht entführt worden sind. Bei Lena ist das natürlich anders, weswegen sie sich wohl immer wieder in seine Gedanken schleicht. Er erwischt sich dabei, wie er an ihr Lächeln denkt und ihre funkelnden Augen, als sie erkannt hat, dass er das gleiche Buch liest. Vielleicht sind es mehr als nur Schuldgefühle.

Mit dem Gedanken legt er das Buch wieder zur Seite und fällt in einen unruhigen Schlaf. Er träumt davon, dass er Lena nicht retten kann und sie für immer bei Thomas auf der Yacht bleiben muss, der unzählige Videos von ihr dreht und auf der ganzen Welt verkauft. Ihre Eltern bekommen sie ebenfalls zu Gesicht und verstoßen sie aus der Familie. Lena wird drogenabhängig und lebt bald auf der

Straße, weil nicht mal mehr Thomas sie haben will.

Schweißgebadet wacht Vitali auf. Das darf er auf keinen Fall zulassen.

Völlig übermüdet, steigt er unter die Dusche und macht sich für den Tag fertig. Als er in die Küche kommt und sich eins der Brote klauen will, die Magda vorbereitet hat, wird er auf einmal von Lena überrascht.

«Ich würde heute gerne einen Ausflug machen», sagt sie grinsend und schaut sie mit großen, unschuldigen Augen an. Sprachlos bleibt Vitali vor ihr stehen. Er hat in der letzten Nacht so oft über sie nachgedacht, dass ihre Anwesenheit ihn jetzt komplett aus der Fassung bringt.

«Äh ja, klar. Wohin soll es gehen?», fragt er und beobachtet, wie sie sich einen Apfel schnappt und abbeißt.

«Ich muss unbedingt in die Stadt. Ich brauche ein paar neue Bikinis. Wir fahren doch demnächst nach Südfrankreich», erwidert sie.

Vitali denkt mitleidsvoll, dass sie die Bikinis nicht braucht, weil sie sowieso die ganze Zeit nackt sein wird, will ihre gute Laune aber nicht verderben.

«Okay. Wir fahren nach dem Frühstück», antwortet er und kümmert sich um eine Tasse Kaffee.

«Super!», ruft Lena und läuft davon.

Als er fertig ist, wartet er geduldig vor der Eingangstür auf Lena, die mit federnden Schritten die Treppe herunterläuft. Sie trägt ihre dicke Jacke und eine graue Pudelmütze, weil es draußen in der Zwischenzeit noch kälter geworden ist.

«Bereit!», sagt sie fröhlich.

«Woher kommt die gute Laune?», will er von ihr wissen. Sie zuckt mit den

Schultern. «Keine Ahnung. Wahrscheinlich die Vorfreude auf die Sonne», erwidert sie, was Vitali einen Stich versetzt. Sie ist so naiv und ahnungslos. Sie hat wirklich keine Ahnung, was sie erwarten wird.

Sie erreichen den ersten Laden und Vitali hat nach seiner unruhigen Nacht Mühe mit Lena mitzukommen, die sofort zielstrebig auf die Bademodenabteilung zusteuert.

Einen nach dem anderen Bikini hängt sie sich über den Arm und verschwindet dann in die Umkleidekabine. Um sie nicht aus den Augen zu lassen, platziert sich Vitali direkt davor.

«Vitali?», ruft sie plötzlich aus der Kabine.

«Ja?»

«Kannst du mal eben gucken? Ist der gut? Sitzt der?», fragt sie und öffnet den Vorhang einen Spalt, damit er sie sehen kann.

Sie trägt einen schwarzen Triangel-Bikini, der im Rücken geschnürt wird. Vitali hat sie in letzter Zeit zwar schon öfters freizügiger gesehen, aber erst jetzt fällt ihm auf, wie schön sie tatsächlich ist. Alles sitzt an den richtigen Stellen und sie wirkt so natürlich. Ganz anders als die Frauen, denen er sonst tagtäglich begegnet.

Er mustert sie ausführlich, während sie auf sein Urteil wartet.

«Und?», drängt sie ihn.

«Ja. Steht dir super», sagt er.

«Ich weiß nicht. Ist das Höschen nicht zu knapp?» Sie dreht sich um, damit er sie von hinten betrachten kann. Der Bikini-Slip ist tatsächlich recht knapp geschnitten, aber betont ihren knackigen Po sehr gut.

«Nein. Auch das sitzt gut», antwortet er und kann sich nicht von ihrem Anblick losreißen.

«Okay. Dann nehme ich den», sagt sie und zieht den Vorhang wieder zu. Sie probiert noch weitere Modelle an, bittet ihn dabei aber nicht mehr um Hilfe.

«Fertig!», ruft sie endlich und hängt die Hälfte der Sachen wieder zurück. Knapp zehn Bikinis trägt sie zur Kasse, während Vitali am Eingang auf sie wartet und weiterhin im Blick behält. Er kann sich die Wirkung, die sie plötzlich auf ihn hat, nicht erklären. Es ist immer nur Mitleid gewesen, das dazu geführt hat, dass er nett zu ihr gewesen ist, aber plötzlich ist es etwas anderes. Er fängt wirklich an, sie zu mögen.

«Hast du auch Hunger?», fragt sie ihn, als sie den Laden gemeinsam wieder verlassen.

Plötzlich spürt er, wie sein Magen knurrt, was ihr als Antwort genügt.

«Ich hätte Lust auf Pizza», sagt sie und er stimmt zu.

Sie steigen zurück ins Auto und Vitali erklärt dem Fahrer, wo sie als Nächstes hinwollen.

Ihm fällt nur die kleine, familiengeführte Pizzeria ein paar Straßen weiter ein, die sie nun ansteuern. Als sie ankommen und vom freundlichen Inhaber begrüßt werden, merkt Vitali erst, wie klein und dunkel der Laden ist. Es gibt im hinteren Bereich keine Fenster und für Licht sorgen vor allem Kerzen.

«Mhh… romantisch!», scherzt Lena und nimmt auf dem Stuhl Platz, den ihr der Kellner zurechtrückt. Die

Karten werden gebracht und immer wieder erwischt sich Vitali dabei, wie er Lena anstarrt und schnell wieder wegguckt, als sie hochguckt.

«Hast du dich entschieden?», will sie wissen und klappt ihre Karte zusammen. Tatsächlich hat er noch gar keinen Blick ins Menü geworfen, weil er viel zu sehr damit beschäftigt gewesen ist, Lena anzuschauen.

Aber zum Glück ist es nicht sein erster Besuch hier und entscheidet sich schnell für die Pizza vom letzten Mal.

Sie geben ihre Bestellung auf und Vitali bemüht sich das Gespräch aufrecht zu erhalten, obwohl er plötzlich sehr nervös ist. Er will unbedingt einen guten Eindruck bei ihr hinterlassen und sie beeindrucken. Er beginnt noch einmal über ihr Lieblingsbuch zu sprechen und lässt immer wieder Details daraus ins

Gespräch einfließen, um zu zeigen, dass er es intensiv gelesen hat.

Lena fühlt sich immer wohler mit Vitali. Er hat ihr sehr beim Aussehen der Bikinis geholfen und stets geduldig auf sie gewartet. Sie findet es schön, dass er sich merkt, worüber sie beim letzten Mal gesprochen haben und das Thema wieder aufgreift. Sie findet es sogar etwas schade, als sie wieder aufbrechen müssen, weil Viktor sich meldet und ihn zurückverlangt.

Als sie wieder zurück sind, verabschiedet sie sich bei ihm und betont noch einmal, wie sehr ihr der Tag heute gefallen hat, was ihn sogar zum Lächeln bringt. Er lächelt selten in ihrer Gegenwart, weswegen sie immer das Gefühl gehabt hat, dass sie ihn nervt. Aber das hat sie inzwischen gar nicht mehr.

«Ach Lena. Da wartet jemand in deinem Zimmer auf dich. Erschreck dich also nicht!», sagt Viktor, bevor er dann mit Vitali verschwindet.

Verwundert schnappt sie sich ihre Einkaufstüten und läuft damit nach oben. Vorsichtig öffnet sie ihre Zimmertür und schaut herein.

Ein Mann, den sie noch nie zuvor gesehen hat, sitzt auf ihrem Sofa und schaut sie erwartungsvoll an.

«Lena?», fragt er und selbst bei diesem kurzen Wort kann sie seinen starken, russischen Akzent hören.

«Ja», antwortet sie zögerlich, schließt die Tür hinter sich und stellt die Tüten auf den Boden.

«Du Bett. Viktor sagen ok», sagt er und beim Klang von Viktors Namen gehorcht sie sofort.

Wenn Viktor will, dass sie mit diesem fremden Mann schläft, dann macht sie das natürlich.

Unsicher geht sie auf ihr Bett zu, während sie sich die Jacke, Mütze und Schuhe auszieht und beobachtet denn Mann dabei. Er ist nur ein paar Jahre älter als Viktor, hat aber keine Haare mehr auf dem Kopf. Dafür einen dunklen Schnurrbart, der mit grauen Haaren durchzogen ist. Er ist groß und breit gebaut, wirkt aber recht sportlich. Lena bemerkt als erstes seine kräftigen Hände, an deren Finger sich goldene Ringe befinden.

Sie schaut dabei zu, wie er seine dunkelbraune Krawatte lockert und dann seine schwarzen Lederschuhe auszieht. Als Nächstes legt er sein hellgraues Jackett zur Seite und zieht sich zum Schluss die passende Hose aus. Er hat einen stark behaarten

Oberkörper und kräftige Arme, die Lena wahrscheinlich jederzeit k.o. schlagen könnten. Weiterhin regungslos bleibt sie auf dem Bett sitzen und wartet auf Anweisungen von ihm.

«Ausziehen», sagt er endlich. Schnell schält sich Lena aus ihrer Jeans, zieht den Pullover aus und wartet auf ein weiteres Zeichen.

«Ganz», fordert er sie auf und sie zieht sich auch noch den BH, Slip und die Socken aus.

Er kommt jetzt zu ihr aufs Bett und holt seinen Schwanz aus seiner Boxershorts hervor. Er ist halbsteif und nicht annähernd so groß wie der von Viktor oder seinem Mitarbeiter. Er greift nach ihrer Hand und legt ihn an seinen Prügel, woraufhin sie automatisch anfängt ihn zu massieren.

Als er steif ist, legt er sich auf den Rücken und zeigt in seine Körpermitte.

Danach zieht er Lena an den Armen auf sich rauf und jetzt erst begreift sie, dass er will, dass sie ihn reitet. Lena richtet sich auf und setzt sich langsam auf seinen steifen Schwanz, der steil nach oben ragt. Sie beobachtet seinen Gesichtsausdruck, wie er die Augen schließt und leise stöhnt, als sie sich komplett auf ihn niederlässt.

Anschließend beginnt sie, sich langsam auf ihm zu bewegen. Drückt ihr Becken nach oben, lässt es leicht kreisen, bevor es dann wieder runter drückt. Mit dem Oberkörper beugt sie sich zu ihm runter und spürt dann, wie er seine Arme auf ihre Taille legt, um ihr Tempo zu beschleunigen. Immer fester und stärker hebt er sie an und lässt sie wieder runter sinken. Sie spürt, wie seine Atmung schneller wird und er immer lauter stöhnt, während sie immer schneller wird bis sich plötzlich seine Hände fest in ihre Taille vergraben und sie seinen Schwanz in ihr zucken spürt.

Sie sieht in sein entspanntes Gesicht und merkt, dass seine Atmung langsam wieder ruhiger wird. Nur wenig später fühlt sie, wie sein warmer Saft aus ihr fließt und weiß, dass er gekommen ist. Schnell klettert sie wieder von ihm runter und wartet, ob er noch weitermachen will oder nicht. Aber er zieht sich schnell an, dreht sich noch einmal um, schaut sie an und sagt dann «tschüß».

Verwundert, aber gleichzeitig auch erregt bleibt sie zurück. Der Gedanke, dass Viktor ihr seine Geschäftspartner ins Zimmer schickt und sie ihn befriedigen soll, macht sie nicht nur an, sondern erfüllt sie auch mit Stolz. Das bedeutet schließlich, dass Viktor ihr vertraut und weiß, dass sie seinem Wunsch nachkommen wird.

Der fremde Mann, der gerade noch auf Lenas Bett lag, läuft zurück in Viktors Büro, in dem er und Vitali bereits auf ihn warten.

Viktor fragt ihn auf Russisch, ob er zufrieden ist und der Mann nickt nur begeistert. Er geht auf Viktor zu und lässt sich auf dem Stuhl gegenüber von ihm nieder, um einen Stapel Papiere in die Hand zu nehmen, die er alle unterschreibt. Anschließend verabschiedet er sich wieder und verlässt mit seinem Bodyguard das Haus.

Verwundert schaut Vitali Viktor an, der sich nicht erklären kann, was gerade passiert ist. Normalerweise verlaufen Vertragsverhandlungen immer viel schwieriger und beide schreien sich für gewöhnlich für längere Zeit an, bevor sie zu einem Ergebnis kommen.

«Ich habe ihm versprochen, dass er Sex mit einem jungen, unerfahrenen Mädchen bekommt. Darauf steht er. Eigentlich wollte er eine Jungfrau, aber ich hab ihm gesagt, dass er erst Lena ausprobieren soll und wenn er nicht zufrieden ist, besorg ich ihm eine andere. Aber das hat ihm wohl gereicht», antwortet Viktor zufrieden und lässt Vitali wieder gehen.

Dem gefällt es natürlich gar nicht, dass Viktor sie von so vielen Männern ficken lässt und muss seit heute Nachmittag immer wieder daran denken, wie er sie im Bett behandeln würde. Er würde sich liebevoll um sie kümmern, ihren ganzen Körper mit seinen Händen und Mund erkunden, bevor sie ewig lange leidenschaftliche Küsse austauschen und am Ende miteinander schlafen, und zwar so, dass sie ebenfalls auf ihre Kosten kommt.

# Die Wahrheit

Er beschließt noch einmal bei Lena vorbei zu schauen und klopft vorsichtig an ihre Tür. Die ist gerade aus der Dusche gestiegen und läuft gerade im Bademantel durch ihr Zimmer, als Vitali vor ihrer Tür steht. Verwundert lässt sie ihn rein und fragt sich, was er schon wieder will.

«Ich wollte nur mal gucken, wie es dir geht. Ich habe gerade gesehen, dass ein Mann dein Zimmer verlassen hat. Geht es dir gut?», will er besorgt von ihr wissen.

Aber Lena winkt ab.

«Ja, das war doch mit Viktor abgesprochen. Alles gut», sagt sie.

«Nur weil es mit Viktor abgesprochen war, muss das nicht bedeuten, dass es dir damit gut geht», erwidert er.

«Aber es geht mir gut. Mir gefällt es, wenn Viktor stolz auf mich ist. Daher mache ich gerne das, was er von mir verlangt», sagt sie zu seiner Verwunderung. Viktor hat es tatsächlich geschafft, dass sie ihm total verfällt und alles machen würde, was er sagt.

«Wieso machst du das? Was erhoffst du dir davon?», fragt er sie.

«Er hat mir ein gutes Leben versprochen. Ich habe doch jetzt schon ein gutes Leben und mache das gerne. Wieso sollte ich mir die Zeit hier auch unnötig erschweren? Wer weiß, wie lange ich bleiben muss, bis er mich wieder zurücklässt», sagt sie und da wird ihm bewusst, wie unschuldig und naiv sie doch ist.

«Viktor lässt dich nicht wieder zurück nach Hause», gesteht Vitali ihr. Eigentlich hat er nicht vorgehabt, ihr das zu sagen. Aber er befürchtet, dass sie sich womöglich dafür entscheiden könnte, lieber bei Viktor zu bleiben, als mit ihm abzuhauen, wenn sie nicht weiß, was er mit ihr vorhat.

«Wie meinst du das?», fragt sie verwundert.

«Er erzählt dir das nur, damit er dich später als Sexsklavin verkaufen kann. Und zwar als eine, die den Kunden vermittelt, dass sie das alles freiwillig und gerne macht. So wie du. Weil du ihm total verfallen bist», antwortet er und geschockt schaut Lena ihn an. Das kann doch nicht stimmen. Das würde Viktor niemals tun!

«Glaubst du wirklich, dass er so viel Geld für dich ausgibt, wenn er am Ende nichts davon hat?», fragt er sie nun.

Lena überlegt, aber seine Worte ergeben keinen Sinn für sie. Viktor ist doch immer so nett und freundlich zu ihr. Er würde sie doch ganz anders behandeln, wenn er sie am Ende verkaufen will.

«Das glaube ich nicht!», ruft sie und schickt ihn dann raus. Sie will nicht glauben, dass Viktor sie nur benutzt und ihr die ganze Zeit etwas vorgemacht hat. Das kann sie sich einfach nicht vorstellen.

Schnell zieht sie sich an und läuft dann zu Viktors Büro. Vorsichtig klopft sie an seine Tür und tritt herein, als er das Zeichen gibt.

«Lena! Wie schön dich zu sehen! Ich wollte gerade zu dir kommen!», sagt er und sie atmet erleichtert auf. Vitali lügt sicherlich nur. Viktor hat sich wirklich gefreut sie zu sehen und denkt sogar an sie.

«Mein Geschäftspartner war sehr begeistert von dir. Er hat ohne zu zögern den Vertrag mit mir unterschrieben, weil ich ihn versprochen habe, dass du mich auf den Geschäftsreisen zu ihm begleiten wirst», sagt er und langsam kommen ihr Zweifel. Wieso verspricht er etwas, was er gar nicht planen kann? Was ist, wenn er sie schon in ein paar Wochen zurückschicken kann. Wie soll er das dann seinem Geschäftspartner erklären?

«Auf deinen Geschäftsreisen?», fragt sie daher. «Und wenn ich bald nicht mehr da bin?»

Verwundert schaut Viktor sie an. Er hat bereits vergessen, dass er ihr versprochen hat, dass sie schon bald wieder zurückkann.

«Wie meinst du das?»

«Du hast doch gesagt, dass ich bald wieder zurückkann.»

«Ich kann da leider nichts tun, Lena. Leider sieht es gerade nicht so aus, als ob du schnell wieder nach Hause kannst. Es sieht eher danach aus, dass du noch für ein paar Jahre hierbleiben musst.»

Ein paar Jahre? Das hat er zwar mal in Erwägung gezogen, aber sie ist davon ausgegangen, dass das eher nicht eintritt.

«Gefällt es dir denn nicht hier?», fragt er besorgt.

«Doch. Aber ich vermisse auch meine Familie und meine Freunde», sagt sie traurig.

«Dann muss ich wohl dafür sorgen, dass es dir besser geht. Ich mir gerade den Wetterbericht für Südfrankreich angesehen. Es soll herrliches Wetter werden», sagt er, aber Lena weiß nicht, ob sie das so glücklich macht. Wieso spricht er überhaupt immer von dieser

Reise mit Thomas? Was hat er davon? Lena denkt noch einmal an Vitalis Worte und dass Viktor sie verkaufen will. Was ist, wenn er doch die Wahrheit gesagt hat und jetzt schon Geld für sie kassiert?

# Fluchtpläne

Mit einem mulmigen Gefühl verlässt Lena Viktors Büro wieder und begibt sich auf die Suche nach Vitali. Sie schaut in seinem Büro nach, kann ihn aber nicht entdecken. Danach läuft sie in die Küche, aber auch da ist er nicht. Sie läuft zwei mal das ganze Haus ab, aber es fehlt jede Spur von ihm. Bis sie sich daran erinnert, dass sie selbst als verschwunden galt, als sie friedlich in der Bibliothek gesessen hat.

Zielstrebig läuft sie auf die schwere Holztür zu und findet Vitali tatsächlich mit einem Buch in der Hand auf einem der Ledersessel.

«Hallo», sagt sie schüchtern und sieht, dass er ein weiteres Buch ihres Lieblingsautoren liest, was sie zum Lächeln bringt.

Verwundert schaut er auf, als er ihre Stimme hört.

«Hallo Lena, was kann ich für dich tun?», fragt er.

«Ich war gerade bei Viktor und er hat mir gesagt, dass er mich in den nächsten Jahren wohl nicht nach Hause lassen kann. Danach hat er ganz schnell das Thema gewechselt und wieder mit dieser Reise mit Thomas angefangen. Da kamen mir deine Worte in den Sinn und langsam habe ich die Befürchtung, dass du Recht haben könntest. Bekommt er schon Geld dafür, dass er mich mit Thomas mitgehen lässt?», will sie von ihm wissen.

Vitali schaut sie ruhig an und nickt anschließend.

«Ja, Thomas bezahlt ziemlich viel für dich», antwortet er.

«Und danach?»

«Danach will er deine Ausbildung als Sexsklavin weiterführen. Sein eigentlicher Plan war, dich an den höchstbietenden zu verkaufen, aber vielleicht behält er dich auch und leiht dich nur aus. Je nachdem, was lukrativer für ihn ist.»

Lena muss sich hinsetzen, als sie erfährt, in was sie da rein geraten ist. Allein bei den Worten «ausleihen» und «verkaufen» wird ihr schlecht. Sie ist doch keine Ware, die man einfach an andere Menschen verleihen oder verkaufen kann.

«Ich wollte dir das schon viel früher sagen, aber ich hatte Angst, wie du reagierst. Dass du einfach abhauen könntest, ohne dir einen Plan zu überlegen. Aber dann würde dich einer seiner Männer auf jeden Fall umbringen. Du musst dir wirklich gut überlegen, wie du von hier wegkommst», sagt er und sieht, wie Lenas Augen sich mit Tränen füllen.

«Kannst du mir helfen?», fragt sie verzweifelt.

«Ja, aber vor der Reise wird sich keine Gelegenheit ergeben. Aber ich werde mir etwas überlegen», sagt er und nähert sich Lena vorsichtig. Die sitzt auf dem kleinen Sessel und kann noch immer nicht glauben, was ihr Vitali gerade erzählt hat. Vor ein paar Wochen ist ihre größte Sorge gewesen, wie sie den Kellnerjob und das Studium unter einem Hut bekommen soll, um genug Geld zu verdienen, damit sie endlich ausziehen kann. Plötzlich muss sie sich darüber Gedanken machen, wie sie von einem Menschenhändler flüchten kann und dabei nicht umgebracht wird.

Vitali setzt sich neben sie auf die Lehne des Sessels und würde sie gerne berühren, ist sich aber nicht sicher, ob der Arm eines Fremden, der auch noch dafür gesorgt hat, dass sie hier landet, jetzt das Richtige wäre.

Aber Lena lehnt sich von selbst gegen ihn. Sie möchte unbedingt in den Arm genommen werden und Vitali ist die einzige Person im Haus, der sie vertraut.

Vorsichtig legt Vitali seinen Arm um ihre Schulter, woraufhin Lena sich noch dichter an ihn schmiegt und ihre Arme um seinen starken Rücken schmiegt. Sie hält sich an ihm fest, während er ihr über den Rücken streicht. Für Lena fühlt es sich richtig an, weil sie sich wohl bei ihm fühlt und auch Vitali genießt ihre Nähe und Wärme.

Die beiden bleiben für einen Moment so sitzen, bis sich Lena langsam wieder von ihm löst. Sie schaut ihn mit nassen Wangen an.

«Bitte hol mich hier raus», sagt sie, bevor sie ihren Pulliärmel nimmt und sich die Tränen abwischt.

«Das werde ich. Ich verspreche es dir», erwidert er und schaut zu, wie Lena sich langsam wieder aufrafft und aus der Bibliothek verschwindet.

Anschließend legt er das Buch weg und kehrt zurück in sein Büro. Viktor hat ihm bereits alle Reisedaten zukommen lassen, damit er eine sichere Route planen kann. Sie sind dabei immer in Begleitung eines Fahrers, der sie erst Zuhause abholt und dann zum Flughafen bringt.

Da Viktor eine Privatmaschine besitzt, gibt es auch dort keine Gelegenheit, um zu flüchten. Am Flughafen in Südfrankreich warten dann Thomas Männer auf die Beiden und wenn sie erstmal auf dem Schiff sind, wird es auch keine Möglichkeit zur Flucht geben. Eventuell nachts, wenn alle so betrunken, vollgedröhnt und geil sind, dass sie sich nur noch auf die anderen Frauen konzentrieren können. Aber dann wären sie mitten auf dem Meer, was eine Flucht erschwert.

Vitali geht noch einmal den Reiseplan durch, in der Hoffnung, dass sich auf der Hinreise etwas ergeben könnte, aber es scheint aussichtslos zu sein. Lena muss die Reise wohl oder übel antreten und darf sich dabei auf keinen Fall etwas anmerken lassen.

Bevor er aufstehen kann, um ihr davon zu berichten, öffnet sich seine Tür und Viktor kommt herein.

«Hallo Vitali, ich wollte kurz mit dir sprechen», sagt er und Vitali versucht die Reiseunterlagen zu verstecken, aber da hat Viktor sie schon entdeckt.

«Ah gut. Darüber wollte ich reden. Es gibt ein paar Änderungen. Ihr fahrt morgen schon los. Der Fahrer bringt euch morgen früh zum Flughafen. Thomas will Lena für vier Tage statt nur zwei haben. Er will unterwegs in einem Hafen anlegen und sie dann mit zu einem Geschäftspartner nehmen. Du wirst natürlich mitkommen und auf sie aufpassen», erzählt er ihm. «Du solltest packen. Ich sage Lena Bescheid.»

Vitali erwidert nichts und schaut sprachlos zu, wie sein Boss den Raum verlässt. Bis morgen kann er sich unmöglich einen Plan überlegen. Vielleicht muss er es spontan machen, aber das wäre zu riskant. Wenn sie erstmal geflüchtet sind, dann bräuchten sie nicht nur ein Auto, sondern auch eine Unterkunft in der sie sich verstecken können. Er steht daher auf und läuft in sein Schlafzimmer, um seinen Koffer zu packen und hofft auf einen Geistesblitz.

Mit zittrigen Beinen ist Lena zurück auf ihr Zimmer gelaufen, bevor sie sich dann auf ihr Bett gelegt hat, um die Decke anzustarren. Sie weiß nicht, wie sie sich verhalten soll, vor allem nicht Viktor gegenüber. Aber wahrscheinlich hat Vitali Recht. Sie sollte sich auf keinen Fall anmerken lassen, dass sie Bescheid weiß, damit er sie weiterhin frei herumlaufen lässt. Am Ende landet sie noch in einem Kellerverlies oder in einem Käfig und eine Flucht wäre dann unmöglich.

Sie atmet tief durch, rafft sich auf und beschließt gerade duschen zu gehen, als es plötzlich an der Tür klopft. Sie hofft, dass es Vitali ist, der sich einen

Plan überlegt hat und ruft sofort «herein!».

Aber es ist Viktor.

«Hallo Lena, ich habe Neuigkeiten für dich», sagt er.

Lena versucht, sich wirklich nichts anmerken zu lassen, aber es ist schwierig, die Fassung zu bewahren und nicht zurückzuschrecken, als er sich ihr nähert.

«Was gibt es denn?», fragt sie betont ruhig.

«Du fliegst schon morgen nach Südfrankreich. Thomas möchte dich ein paar Leuten vorstellen, die er in zwei Tagen besuchen wird. Daher wurde der Plan geändert», sagt er zu ihrem Entsetzen.

Sie hat immer noch die Hoffnung gehabt, dass Vitali sich schnell etwas überlegt und sie gar nicht erst mit auf die Yacht muss, aber das kann sie dann jetzt wohl vergessen.

«Ich wollte mit dir auch noch über Thomas reden. Er kann ein sehr strenger Mann sein. Aber du musst keine Angst haben. Mach einfach, was er will», sagt Viktor und kommt Lena noch ein Stückchen näher.

«Machst du das? Für mich?», fragt er und schaut sie dabei an. Lena nickt und würde ihm am liebsten die Hand wegschlagen, die sie jetzt am Arm berührt.

«Ja, das mache ich», erwidert sie und hofft, dass er damit zufrieden gestellt ist.

Aber seine Hand wandert stattdessen runter zu ihrem Po und packt ihn fest zu. Danach dreht er sie mit einer schnellen Bewegung um und drückt Lena auf das Bett, so dass er direkt hinter ihr steht.

«Zeig mir, dass du alles für mich machst. Zieh dich aus», fordert er sie auf.

Lena will sich zunächst dagegen wehren, denkt dann aber wieder an Vitalis Worte. Langsam zieht sie sich daher den Pullover über den Kopf, öffnet ihren BH und streift sich anschließend die Hose und den Slip herunter. Noch immer steht Viktor hinter ihr und starrt auf ihren nackten Arsch, der sich ihm entgegenstreckt.

Er lässt seine Finger durch ihre Spalte fahren und schiebt dann zwei tief in ihre Muschi. Obwohl Lena ihm gegenüber nur noch Hass und Verachtung empfindet, wird sie durch seine Worte und Berührungen automatisch nass, was auch Viktor nicht entgeht.

«Mhhh … das scheint dir zu gefallen», sagt er, zieht seine Finger raus und drückt sie ihr stattdessen tief in ihr enges Arschloch, was Lena zum Aufstöhnen bringt.

«Das klappt ja immer besser», stellt er zufrieden fest.

Sie hört, wie er sich die Hose öffnet und nur wenig später zieht er sie in seine Richtung, damit sie seinen harten Prügel mit dem Mund bearbeiten kann. Viktor schiebt seinen Schwanz so tief wie möglich in ihren Hals und genießt den Anblick.

«Du lernst schnell», lobt er sie, drückt ihren Kopf noch tiefer auf seinen Prügel und lässt sie anschließend wieder los.

Danach drückt er sie auf den Rücken, zieht sie an den Beinen näher zu sich und beginnt wieder mit seinen Fingern ihre Muschi zu bearbeiten.

Lena kann nicht anders als zu stöhnen. Es fühlt sich immer noch gut an und insgeheim hofft sie darauf, dass er sie gleich ficken wird.

Gierig starrt sie auf seinen Schwanz, den er jetzt in der Nähe ihres Schrittes hält, aber statt ihn in ihre nasse Pussy zu drücken, setzt er ihn an ihrem gedehnten Arsch an. Langsam drückt er seine Spitze in sie und lässt den Rest mit einem kräftigen Stoß folgen, der Lena erneut zum Stöhnen bringt.

Viktor greift nach Lenas Hand und legt sie auf ihren Kitzler.

«Fass dich selber an», befiehlt er ihr und sie fängt an ihre Klit zu reiben.

Er hält sie daraufhin an den Oberschenkeln fest, schaut dabei zu, wie sie sich selbst befriedigt und fickt dabei ihren engen Arsch.

Obwohl Lena nach wie vor wütend auf ihn ist, gefällt es ihr. Es macht sie an, dass er sie fickt und dabei gierig zuschaut, wie sie sich selbst den Kitzler reibt. Sie spürt, dass sich ein Höhepunkt in ihr zusammenbraut und reibt etwas schneller. Sie schließt die Augen, konzentriert sich nur noch auf die harten Stöße durch Viktor und die Stimulation an ihrer Perle bis das warme Gefühl des Orgasmus ihren Körper durchströmt.

Viktor lässt ihre Beine los und schiebt zwei Finger tief in ihre zuckende Muschi, was sie zusätzlich zum Stöhnen bringt. Noch ein paar Mal stößt er seinen Schwanz tief in ihren Arsch, bis er ebenfalls kommt.

Erschöpft bleibt Lena auf dem Rücken liegen und öffnet langsam wieder ihre Augen. Viktor zieht sich aus ihr zurück, zieht sich wieder an und schaut zufrieden zu ihr runter.

«Du wirst bestimmt keine Probleme mit Thomas bekommen. Du bist ein braves Mädchen. Gute Nacht, Lena», sagt er und plötzlich spürt sie das altbekannte Gefühl, wenn er sie lobt. Sie fühlt sich wieder stolz, was sie verwirrt. Sie sollte ihn hassen, nicht seine Anerkennung bekommen wollen. Schnell läuft sie ins Bad, um sich bettfertig zu machen und packt anschließend ihren Koffer für die bevorstehende Reise. Sie hat gemischte Gefühle bezüglich der Reise und ihrer geplanten Flucht. Eigentlich möchte sie noch nicht nach Hause. Sie mag Viktor nach wie vor und auch welches Gefühl er ihr gibt, andererseits weiß sie natürlich auch, dass er sie nicht mag und sie nur benutzen will, um möglichst viel Geld mit ihr zu verdienen. Sie kann sich ihr altes Leben Zuhause mit ihrer Familie und der Uni aber auch nicht mehr vorstellen.

Noch einmal geht sie ihren Kleiderschrank durch und berührt all die feinen Stoffe mit ihren Fingern. Vielleicht kann sie Viktor ja zu irgendeinem Deal überreden? Sie könnte ihm erzählen, dass sie Bescheid weiß, aber gerne für ihn arbeiten würde, wenn alles so bleibt, wie es ist.

«Das ist eine gute Idee!», denkt sie sich und schmeißt ihre neuen Bikinis in den Koffer, als es wieder an der Tür klopft.

Dieses Mal ist es Vitali, der sie mitleidig anguckt.

«Ah, du weißt schon Bescheid, dass es bereits morgen losgeht», sagt er, als er einen Blick auf ihren Koffer wirft.

Er merkt, dass Lena fröhlich wirkt und nicht mehr so niedergeschlagen ist wie noch vor einer Stunde.

«Ich habe mir das noch mal mit der Flucht durch den Kopf gehen lassen», sagt sie schließlich und guckt in Vitalis verwundertes Gesicht.

«Vielleicht habe ich es hier doch ganz gut. Viktor behandelt mich gut, ich habe schöne Kleider und kann mich auch frei bewegen. Vielleicht sollte ich ihm sagen, dass ich über seine Pläne Bescheid weiß und ihm stattdessen einen Deal anbieten? Also dass ich es freiwillig mache und alles so bleibt, wie es ist?», sagt sie voller Überzeugung, dass es klappen könnte.

Vitali schaut sie sprachlos an, bevor er sich dann neben sie setzt und sie zwingt ihn anzuschauen.

«Du kennst Viktor nicht. Er lässt sich auf keine Deals ein. Entweder es läuft nach seinen Regeln ab oder gar nicht. Und wenn er weiß, dass du seine Pläne kennst, dann wird er herausfinden wollen, wer dir das erzählt hat und am Ende wird er nicht nur dafür sorgen, dass du in einem Käfig gehalten wirst, sondern auch ich», sagt er ruhig.

Er kann noch immer nicht glauben, wie naiv Lena ist und dass sie noch immer nicht begriffen hat, bei was für einem Mann sie gelandet ist.

«Glaub mir, Viktor hat kein Interesse daran, dass es dir gut geht. Wenn deine Ausbildung abgeschlossen ist, wird er dich verkaufen oder nach Herzenslust verleihen, während ein anderes Mädchen dein Zimmer beziehen wird. Du wirst dann nur von Käufer zu Käufer wandern und nicht die gleichen Freiheiten genießen können, die du jetzt noch hast», sagt er und hofft sie damit zu überzeugen. Aber Lena will das gar nicht hören. Sie glaubt nicht, was Vitali ihr da erzählt und denkt, dass er selbst nur nach einer Möglichkeit sucht, um von hier zu verschwinden.

«Ich bin müde und würde jetzt gerne schlafen», sagt sie und schickt ihn damit nach draußen.

Sie packt ihre restlichen Sachen und legt sich dann schlafen.

Fassungslos verlässt Vitali Lenas Zimmer. Er kann nicht glauben, dass sie Viktor tatsächlich so sehr verfallen ist, dass sie auch nur in Erwägung zieht, länger zu bleiben, obwohl sie seine Pläne kennt. Er hält aber weiterhin an dem Plan fest, mit ihr zu verschwinden, da er sich sicher ist, dass sie es sich anders überlegen wird, wenn sie erstmal ein paar Tage mit Thomas verbringt und ihr langsam bewusst wird, was sie in der Zukunft erwartet.

Er stellt sich seinen Wecker und fällt erneut in einen unruhigen Schlaf.

Direkt nach dem Frühstück geht es los und ein Fahrer bringt ihn und Lena zum Flughafen, wo Viktors

Privatmaschine bereits auf sie wartet. Nach einer kurzen, angenehmen Reise kommen sie am Flughafen in Frankreich an und werden, wie erwartet, von Thomas Leuten in Empfang genommen, die sie zum Hafen bringen.

Lena ist total aufgeregt. Nicht nur, dass sie mit einem Privatflugzeug reist, sondern auch, dass sie gleich eine riesige Yacht betreten wird! Das hätte sie sich niemals erträumen lassen. Als Vitali ihr Zimmer verlassen hat, hat sie noch einmal über seine Worte nachgedacht. Sie kann sich noch immer nicht vorstellen, dass Viktor sie einfach weggeben wird. Sie spürt, dass er sie auf jeden Fall auch mag und hat das Gefühl, dass er ihre Nähe wirklich genießt.

Aber darüber kann sie sich auch immer noch Gedanken machen, wenn sie wieder zurück ist. Jetzt will sie die Sonne und Wärme genießen. Als sie im Auto sitzt und die vielen, weißen Häuser an ihnen vorbei ziehen, kann sie am Horizont langsam das türkisfarbene Meer erkennen, das in der Sonne glitzert. Das Auto kommt am Steg zum Halten, die Türen werden geöffnet und Lena sieht Thomas im weißen Anzug vor ihr stehen. Er lächelt und freut sich, dass sie da ist.

«Hallo Lena, wie schön, dass du gekommen bist», sagt er und nimmt sie herzlich im Empfang.

Er drückt ihr links und rechts ein Küsschen auf die Wange und führt sie dann zu seiner Yacht.

Es ist noch größer, als sie es sich ausgemalt hat und sie kann sich gut vorstellen, wie sie die nächsten Tage an

Deck verbringen wird und sich in ihren neuen Bikinis darauf sonnt.

«Gefällt es dir?», fragt er, als er sie über das Boot begleitet und ihr alles zeigt.

«Ja, es ist großartig!», sagt sie begeistert.

«Ich zeig dir dein Zimmer!»

Er führt sie eine schmale Treppe nach unten und Lena muss sich am Geländer festhalten, weil es hin und her schaukelt. Dann öffnet er die Tür und dahinter kommt ein kleines Zimmer mit einem großen Doppelbett zum Vorschein. Es ist recht spärlich eingerichtet, verfügt neben dem Bett noch über einen Schrank und einem kleinen Badezimmer mit einer Dusche und einer Toilette.

«Nicht so groß wie das Zimmer bei Viktor, aber du wirst dich wahrscheinlich eh an Deck aufhalten», sagt er und sagt den Männern mit

Lenas Gepäck, dass sie es dort abstellen können.

Sie laufen wieder nach oben und er zeigt ihr den Sitzbereich, das Sonnendeck und den Whirlpool.

«Wann legen wir ab?», fragt sie interessiert und Thomas blickt auf seine goldene Uhr.

«Wenn die anderen Gäste da sind», antwortet er und schaut auf den Parkplatz, wo ein paar Autos zum halten kommen.

Verwundert guckt sich Lena um.

Welche anderen Gäste?

Sie ist davon ausgegangen, dass sie unter sich bleiben. Sie folgt seinem Blick und kann sehen, wie mehrere Frauen aussteigen. Sie sind wie die Frauen, die Lena damals bei Viktor im Büro gesehen hat. Alle haben lange Haare, gemachte Brüste und Fingernägel und stolzieren im kurzen

Kleid und mit hohen Highheels den Steg entlang. Plötzlich kommt sich Lena total fehl am Platz vor, als sie diese makellosen Frauen betrachtet, die aussehen wie aus einem Katalog.

Strahlend widmet sich Thomas den Frauen und begrüßt sie alle nacheinander. Sie sprechen Russisch miteinander, so dass Lena kein Wort versteht. Sie stellen sich Lena nicht vor, beachten sie nicht mal, sondern laufen nacheinander auf das Boot und stellen ihre kleinen Taschen ab.

«Legen wir heute Abend noch mal an, wenn die uns wieder verlassen?», fragt sie verwundert, als sie das fehlende Gepäck bemerkt.

«Nein, die Damen werden uns die nächsten Tage begleiten», sagt Thomas und begrüßt eine Gruppe bestehend aus Männern in seinem Alter.

Jeder einzelne stellt sich bei Lena vor, die lüsterne Blicke von ihnen kassiert. Plötzlich fühlt sie sich nicht mehr ganz so wohl und zweifelt daran, ob sie die vielen Kleider und Bikinis überhaupt benötigt.

Sie bemerkt, dass sich Vitali neben sie stellt und ebenfalls die Neuankömmlinge beobachtet.

«Wer sind diese Menschen?», fragt sie ihn.

«Das ist wohl der erste Teil seiner Gäste», antwortet er.

Der erste Teil?

Sollen da etwa noch mehr kommen?

Verwundert schaut sie ihn an.

«Thomas veranstaltet regelmäßig Partys auf seiner Yacht, die über Tage gehen. Er lädt ein paar Prostituierte ein und viele seiner Geschäftspartner. Auf dem Wasser kann man die lautesten Partys feiern, ohne dass sich die Nachbarn beschweren», sagt er und beobachtet Lenas Reaktion.

Die hat wirklich nicht damit gerechnet, dass so viele Leute anwesend sein werden, sondern hat gehofft, dass es ein kleiner, ruhiger Urlaub wird. Vor allem von den anderen Frauen ist sie überrascht. Wieso hat er dann überhaupt sie gefragt, ob sie kommen will, wenn auch Profis dabei sind?

Sie lässt sich auf eine Bank an Deck nieder und greift nach einem Sektglas, das ihr ein Kellner anbietet und wartet gespannt auf den weiteren Verlauf.

Es wird immer voller und mehr und mehr Gäste betreten das Boot. Lena hat sich inzwischen umgezogen und liegt jetzt mit ihrem neuen, roten Bikini an Deck, um sich zu sonnen bis Thomas auf sie zukommt.

«Der steht dir wirklich gut, Lena. Komm, ich mache dich bei den anderen Gästen bekannt», sagt er und hilft ihr hoch.

Sie folgt ihm und ihr wird nach und nach jeder seiner Geschäftspartner vorgestellt, von denen fast zwanzig an Bord sind.

Zufrieden mustern sie Lena, schauen immer wieder an ihr hoch und runter und sagen dann etwas auf Russisch, was sie nicht versteht.

«Sie sagen, dass du hübsch bist», erklärt Thomas jedes Mal, aber sie ist sich nicht so sicher, ob es vielleicht nicht doch etwas anderes bedeutet.

Kurz danach legt das Boot endlich ab, was mit jeder Menge Champagner gefeiert wird. Die Kellner verteilen sie großzügig an die Frauen, an Lena und natürlich auch an Thomas Geschäftspartner.

Lena beobachtet, wie sich die Frauen nach und nach ausziehen und nackt auf ein Podest klettern, um dort miteinander zu tanzen.

«Die Party beginnt. Mach mit!», fordert Thomas sie auf und zieht sie von ihrer Liege herunter.

Unsicher fummelt Lena an ihrem roten Bikini herum. Die Frauen da oben haben alle gemachte Brüste. Da geht sie mit ihren natürlichen kleinen Brüsten doch total unter, weswegen sie sich nicht von Ort und Stelle bewegt.

«Was ist?», hakt Thomas nach und sie erinnert sich wieder an Viktors Worte und dass sie keine Probleme bekommt, wenn sie nur macht, was Thomas sagt. Also zieht sie sich den Bikini aus und klettert zu den Frauen nach oben, um zusammen mit ihnen zu tanzen.

Die scheinen aber nicht sehr angetan von Lena zu sein, versuchen sie immer wieder runter zu schubsen oder sie ganz nach hinten zu drängen, bis sie runter fällt und erstmal am Boden liegt.

Keiner der betrunkenen Männer hat das mitbekommen, allerdings hat Vitali die ganze Zeit ein Auge auf sie geworfen und eilt ihr schnell zu Hilfe.

«Alles gut?», fragt er und legt schnell ein Handtuch um Lenas nackten Körper.

«Ja, danke. Das gibt wahrscheinlich nur einen blauen Fleck», sagt sie und reibt sich die Seite.ö

Sie bleibt mit Vitali hinter dem Podest sitzen. Hier werden sie weder von den Frauen, noch von den Männern gesehen und beachtet.

«Das habe ich mir hier irgendwie anders vorgestellt», gesteht sie und denkt an die vielen Bikinis, die noch in ihrem Koffer warten. Davon wird sie wahrscheinlich keinen mehr brauchen.

«Viktor hat dir das wahrscheinlich auch anders verkauft», erwidert Vitali. Sie hören, wie die Musik lauter gedreht wird und sich das Podest hinter ihnen leert.

# Benutzt

«Was passiert jetzt?», fragt Lena verwundert und dreht sich um.

Sie kann die Frauen nicht mehr sehen und steht verwundert auf.

«Ah, da bist du ja!», ruft Thomas, als er Lenas Kopf entdeckt.

«Komm her!»

Lena folgt etwas widerwillig, als sie sieht, dass die Frauen noch immer nackt zusammen auf dem Boden liegen. In einem Kreis haben sich die Männer um sie herum gestellt und schauen gierig auf sie hinab.

Einer der Männer ruft etwas auf Russisch, woraufhin sich eine der Frauen bewegt und sich zwischen die Beine einer anderen Frau kniet und beginnt sie mit ihrer Zunge und den Fingern zu befriedigen.

«Mach mit», sagt Thomas zu Lena, die das Handtuch ablegt und langsam in den Kreis geht.

Die Frauen haben sie doch eben schon nicht akzeptiert, wieso sollte sich das jetzt ändern?

Lena ist sich unsicher, was sie jetzt machen soll und wartet auf eine Anweisung durch die Männer. Plötzlich zeigt jemand mit dem Finger auf sie und deutet dann auf eine andere Frau, die nur genervt schaut.

Dann streckt er die Zunge aus, deutet wieder auf Lena und wieder auf die andere Frau.

Sie weiß, was er damit meint und robbt langsam auf die schwarzhaarige Frau zu, die sich auf den Rücken legt und die Beine öffnet. Lena blickt auf ihre rasierte Muschi und versucht sich zu konzentrieren. Bisher hat sie noch nie eine Frau geleckt, ist aber schon immer neugierig darauf gewesen. Sie hält sich an ihren Oberschenkeln fest, senkt ihren Kopf tiefer und beginnt dann mit der Zunge über ihren Kitzler zu fahren, was sofort ein Zucken bei der Frau verursacht.

Lena macht weiter, zieht ihre Zunge einmal durch ihre Spalte und berührt dann wieder ihre empfindliche Perle, der sie noch etwas mehr Aufmerksamkeit widmet. Immer wieder berührt sie ihren Kitzler mit der Zungenspitze, leckt drüber und beginnt dann daran zu saugen, was die Frau noch heftiger zum Stöhnen bringt.

Lena merkt, dass der Frau gefällt, was sie macht und findet langsam immer mehr Gefallen daran. Sie wird mutiger, dringt mit der Zunge in die inzwischen vollkommen nasse Muschi ein und fickt sie damit ein wenig. Die Hände der Frau liegen inzwischen auf Lenas Kopf und drücken sie immer heftiger gegen ihren Schritt, damit sie bloß nicht aufhört.

Wieder kümmert sich Lena um ihren Kitzler, leckt intensiv und fester darüber bis sie spürt, dass der ganze Körper der Frau bebt und sich ihre Bauchmuskeln immer mehr anspannen. Sie weiß, dass sie kurz davor ist zu kommen und macht immer weiter, bis die Frau zusammenzuckt und laut stöhnt.

Erst dann lockert sie ihren Griff an Lenas Kopf und lässt sie wieder los. Strahlend schaut sie Lena an und nickt. Dann schreit einer der Männer etwas auf Russisch und eine andere Frau greift nach Lena. Sie wird auf den Bauch gedrückt, während ihr Arsch nach oben gezogen wird. Sie sieht, wie Beutel an die Frauen verteilt werden und fragt sich, was darin enthalten ist, bis sie etwas hartes, glattes an ihrer Muschi spürt, das tief in sie gedrückt wird. Erst dann kann sie sehen, wie die Frauen bunte Dildos aus den Beuteln ziehen und einer bereits in ihr steckt.

Gnadenlos wird er in sie geschoben, wieder rausgezogen und wieder reingedrückt bis Lena keucht und stöhnt. Auf einmal wird der Dildo wieder komplett entfernt und sie spürt ihn nun an ihrem Arsch. Sie versucht sich zu entspannen und kurz darauf wird er ihr auch schon bis zum Anschlag reingedrückt, was sie erneut aufstöhnen lässt.

Mit dem gleichen Tempo wie eben wird nun ihr Arsch gefickt und sie kann sehen, wie die Männer, die anfangs noch um sie herum standen, immer näher kommen und ihre Hosen öffnen. Nach und nach führen sie eine der Frauen aus der Mitte, die sich dann um die echten Schwänze der Männer kümmern muss, statt weiterhin mit den Plastikprügel zu hantieren. Auch Lena zieht die Aufmerksamkeit von zwei Männern auf sich, die sie auffordern aufzustehen. Sie will den Dildo entfernen, aber sie ermahnen sie im gebrochenen Deutsch, dass der erst noch an Ort und Stelle bleiben soll.

«Du mitkommen», sagt der Größere der Beiden und führt sie an eine ruhigere Stelle an Deck.

Sie beobachtet, wie sich die Beiden ausziehen und blickt auf ihre großen, harten Schwänze, die vor Geilheit bereits tropfen. Lena hält immer noch den Dildo fest, der in ihrem Arsch steckt, als einer der Männer sie auf den Boden drückt, damit sie vor ihm kniet. Er hält ihr seinen Schwanz entgegen und sofort weiß sie, dass er will, dass sie ihn jetzt bläst. Langsam leckt sie über seine nasse Spitze, bevor sie ihn dann tief in ihren Mund einführt, so wie Viktor es ihr gezeigt hat. Währenddessen stellt sich der andere Mann hinter sie, zieht den Dildo ein Stückchen raus, um ihn dann wieder komplett in sie zu schieben und das einige Male zu wiederholen. Lena spürt, wie er ihn tief in ihren Arsch drückt und dann selber seinen harten Schwanz an ihrer nassen Muschi reibt. Mit einem kräftigen Stoß schiebt er ihn dann tief in ihre Pussy und fickt sie zusammen mit dem Dildo.

Lena will aufstöhnen, aber der Schwanz in ihrem Mund hinter sie daran, der sich immer tiefer in ihren Hals bohrt.

Immer fester stößt der Mann hinter ihr zu und drückt ihr mit jedem Stoß auch noch den Dildo tief in ihren Arsch.

Aus dem Augenwinkel kann sie sehen, dass sich noch mehr Männer um sie herum versammeln und die beiden Männer auf Russisch anfeuern. Die werden daraufhin noch schneller und nur wenig später spürt sie, wie ihr warmes Sperma in die Muschi gespritzt wird und der Mann sich wieder zurückzieht. Allerdings nur, um einem anderen Mann den Vortritt zu lassen, der den Dildo aus ihrem Arsch zieht und dafür in ihre Pussy stopft. Dann setzt er seinen harten Schwanz an ihrem gedehnten Arsch an und drückt ihn tief in sie. Er beginnt sie sofort mit heftigen Stößen zu ficken, während auch der Dildo jedes mal raus und wieder reingedrückt wird.

Lena hat immer noch mit dem Prügel in ihrem Mund zu kämpfen, der sich jetzt rhythmisch raus und rein bewegt. Sie hört ihn stöhnen, spürt seinen festen Griff an ihrem Kopf und schmeckt nur wenig später sein Sperma in ihrem Mund. Auch er zieht sich schnell wieder zurück, um einem anderen Mann zum Zug lassen zu kommen.

Vitali steht derweil in der Nähe und beobachtet alles ganz genau. Er kann kaum mit ansehen, wie Lena von den vielen Männern benutzt wird, muss aber um jeden Preis vermeiden, dass es Videoaufnahmen von ihr gibt, weswegen er Lena und die Männer immer im Auge behält. Aber alle scheinen so geil darauf zu sein, das neue Mädchen zu ficken, dass keiner an Aufnahmen oder Fotos denkt.

Dann kommt Thomas und scheucht die Männer plötzlich von ihr weg.

«Freunde! Wir haben noch drei Tage! Ihr kommt alle noch dran!», sagt er und hilft Lena auf.

Vitali kann sehen, dass ihre Schminke zerlaufen, ihr Kinn voller Sperma ist und sie vor Erschöpfung zittert. Er führt Lena unter Deck direkt in sein Schlafzimmer. Fluchend bleibt Vitali vor seiner verschlossenen Tür stehen. Weiter wird er nicht kommen.

Thomas reicht Lena ein Handtuch und schickt sie in die Dusche, um sich die Spuren der letzten Stunden vom Körper zu waschen. Sie hat aufgehört mitzuzählen und hat keine Ahnung, von wie vielen Männern sie eben durchgenommen wurde. Aber sie fühlt sich kraftlos und erschöpft. Ihr Hals, ihr Arsch und ihre Muschi brennen und sie hat das Bedürfnis sich hinzulegen und zu schlafen. Aber beim Anblick von Thomas, der sich zwar um sie kümmert, sie dabei aber mit einem lüsternen Blick anschaut, weiß sie, dass es dazu nicht kommen wird. Mit wackeligen Beinen steigt sie in die Dusche und lässt das heiße Wasser auf ihren Körper prasseln. Sorgfältig wäscht sie sich den Luftsaft der Männer aus den Haaren und von der Haut, bis sie sich in ein flauschiges Handtuch hüllt und zurück zu Thomas kehrt, der erwartungsvoll auf dem Bett sitzt.

«Geht es dir wieder besser?», fragt er und Lena nickt.

«Schön. Es hat mir gefallen, dir dabei zuzugucken, wie dich die anderen Männer gefickt haben. Hat dir das auch gefallen?», fragt er, aber Lena ist sich nicht sicher. Sie hat sich benutzt gefühlt und ist damit überfordert gewesen, dass so viele Männer sie anfassen und ficken wollen. Lust hat sie dabei nicht empfunden. Spaß auch nicht. Aber sie kann ihm keine Widerworte geben, weswegen sie nickt.

«Habe ich es mir doch gedacht. Du bist ein gutes Mädchen», lobt er sie, aber dieser Lob erfüllt sie nicht so sehr mit Stolz wie der Lob von Viktor.

Wieder muss sie an Vitalis Worte denken und daran, dass sie verkauft werden könnte und nicht mehr zurück zu Viktor kehrt. Dann würde sie dieses Gefühl von Stolz nie mehr spüren und sich nur noch fühlen wie jetzt und das war irgendwie leer und benutzt.

Sie schaut Thomas an, der noch immer auf dem Bett sitzt und eine deutlich sichtbare Beule hat.

«Setz dich auf den Stuhl», fordert er sie auf. Noch immer recht kraftlos lässt sich Lena auf den harten Stuhl neben ihr nieder.

«Mach das Handtuch auf.»

Lena löst den Knoten und lässt beide Enden auf den Boden sinken, so dass sie nackt vor ihm sitzt.

«Stütz deine Beine auf dem Stuhl ab und winkel sie an.»

Wieder macht sie, was er sagt und beobachtet, wie er näher tritt. Ihre Beine sind nun weit geöffnet und er kann alles sehen.

«Sehr schön», kommentiert er und schiebt seine Hand in seine Hose, um seinen Schwanz zu massieren.

Er steht nun direkt vor Lena, geht ein wenig auf die Zehenspitzen, während er seine Hose runterzieht, so dass ihr Gesicht auf der Höhe seines Schwanzes ist, den er ihr jetzt tief in ihren Hals drückt. Mit den Händen hält er ihren Kopf fest und sich selbst an der Stuhllehne, um sie mit aller Kraft in den Hals zu ficken.

Es dauert nicht lange, bis ihr sein Sperma am Kinn herunter läuft und auf ihre Brüste tropft.

Dann klopft es an die Tür und zwei von Thomas Freunden kommen herein.

«Oh genau richtig!», begrüßt er die beiden, breit gebauten Männer.

Zufrieden grinsen sie, als sie Lena auf dem Stuhl sitzen sehen.

«Ja, ich habe das extra für euch vorbereitet», sagt er grinsend und zeigt auf Lena wie auf einen Kuchen, den er extra gebacken hat. Sie kommt sich billig vor und möchte den Raum am liebsten wieder verlassen, weiß aber, dass sie lieber gehorchen sollte.

Also steht sie auf, als Thomas das von ihr verlangt und geht vor den beiden Männern vor die Knie, die sich daraufhin die Hosen runter ziehen. Sie soll mit ihren Händen ihre schlaffen Schwänze bearbeiten, bis die sich aufrichten und anschließend mit dem Mund weitermachen.

Einer der Männer zieht sie hoch und drückt sie mit dem Oberkörper über den Stuhl, um sich hinter sie zu stellen. Ohne Vorwarnung drückt er ihr seinen harten Prügel in den Arsch und beginnt sie mit kräftigen Stößen zu ficken, während er drei Finger tief in ihre brennende Muschi schiebt.

Lena keucht und stöhnt vor Schmerzen, sie krallt sich an der Lehne fest und hofft, dass der Mann bald fertig ist und entdeckt dann den nächsten harten Prügel direkt vor ihrem Gesicht.

Wieder wird er ihr tief in den Hals geschoben und so lang gefickt, bis sich ihr Mund mit warmem Sperma füllt.

Genau so schnell wie die beiden eben gekommen ist, ziehen sie sich wieder zurück und Lena bleibt mit Thomas zurück. Während ihr so etwas mit Viktor immer Spaß gemacht hat, weil sie ihn damit beeindrucken und für sich gewinnen wollte, fühlt sie sich jetzt nur noch wie eine Sexpuppe, die man hervorkramt, wenn man Lust darauf hat und zum Spielen an andere ausleiht. Das kann sie unmöglich noch die nächsten Jahre ertragen. Eigentlich möchte sie das nicht mal mehr einen Tag oder eine Woche mitmachen, sondern lieber direkt verschwinden.

«Kann ich gehen? Ich habe Hunger», sagt sie und erntet dafür einen überraschten Blick von Thomas.

«Eigentlich sage ich dir, wann du gehen darfst und wann nicht. Aber du hast Glück. Ich bin fertig mit dir. Geh!», sagt er streng.

Sie bindet sich das Handtuch wieder um und öffnet dann die Tür, um zurück aufs Deck zu gelangen.

Dabei trifft sie auf Vitali, der vor Thomas Zimmer auf sie gewartet hat.

«Oh hallo», sagt sie und freut sich ehrlich ihn zu sehen.

«Ich wollte gerade nach dir suchen. Können wir kurz reden?», sagt sie geheimnisvoll und guckt sich dann um.

Sie verziehen sich weiter in den Gang und hoffen, dass sie hier nicht erwischt werden.

«Ich habe noch einmal über deine Worte nachgedacht und wahrscheinlich hast du Recht. Ich will fliehen. Ich ertrage das nicht mehr. Wenn mich Thomas oder einer der Männer noch mal anfassen, raste ich komplett aus», sagt sie, was Vitali nicht überrascht.

Er weiß wie anstrengend und fordernd diese Aufenthalte auf Thomas Yacht sind, obwohl das erst der Anfang war.

«Wir können nicht so schnell fliehen, Lena. Wir brauchen einen Plan», sagt er und sieht in ihr gequältes Gesicht.

Sie hat heute schon einiges mitgemacht und die folgende Nacht wird sicher noch schlimmer, aber es gibt keine Möglichkeit das Schiff zu verlassen, wenn es mitten auf dem Meer schwimmt.

«Kannst du mich dann wenigstens von den Männern fernhalten? Und von Thomas?», fragt sie ihn verzweifelt.

Er kann nichts versprechen, versucht es aber.

Sie setzt sich auf den kalten Stahlboden, weil ihre Kraft nachlässt. Erschöpft lehnt sie sich gegen Vitali, der sich ebenfalls zu ihr auf den Boden setzt. Er nimmt sie in den Arm und merkt, dass sie zittert. Er streichelt über ihren Arm und drückt sie gegen seine Brust, damit sie sich kurz ausruhen kann. Tatsächlich schließt sie die Augen und schläft für einen Moment ein. Als sie nach wenigen Minuten wieder aufwacht, spürt sie die Wärme und Nähe von Vitali. Sie fühlt sich bei ihm wirklich sehr geborgen und dreht ihren Kopf in seine Richtung. Er erwidert ihren Blick sofort und ganz langsam nähern sich die beiden, bis ihre Lippen aufeinandertreffen und sie einen leichten, aber zärtlichen Kuss miteinander austauschen.

«Ich werde dich retten», verspricht Vitali ihr, als sie sich wieder voneinander lösen und sich Lena erneut an seine Brust lehnt.

Kaum als sie die Augen wieder geschlossen hat, hören sie, wie Lenas Name gerufen wird.

Sie schrecken auf und schnell zieht Vitali sie wieder hoch, als er Schritte in dem dunklen Gang hört.

«Ich habe sie gefunden!», ruft er dann und zieht Lena hinter sich her, um keine weitere Aufmerksamkeit zu erregen.

«Gut. Thomas sucht sie», sagt einer seiner Mitarbeiter und führt Lena an Deck, wo Thomas mit einer Videokamera steht und auf die Frauen draufhält, die damit beschäftigt sind, sich um die vielen Schwänze der Mitarbeiter des Bootes zu kümmern.

Nicht nur Lena wird ganz mulmig bei dem Gedanken, dass er sie beim Sex filmen will, sondern auch Vitali.

«Versprich ihm irgendeine Privat-Show oder so», flüstert er Lena zu, die beobachtet, wie eine Frau gleich von fünf Männern gleichzeitig genommen wird.

Sie dreht sich nach der Frau um, die sie vorhin noch geleckt hat und tritt dann auf Thomas zu.

«Möchtest du nicht lieber sehen, wie ich die wunderschöne Frau da vorne ficke?», fragt sie ihn und legt noch eins drauf. «Das wäre mein erstes Mal mit einer Frau. Du könntest der Erste sein, der das zu Gesicht bekommt.»

Das macht Thomas hellhörig. Er weiß, dass das eine einmalige Gelegenheit ist, die er sich nicht entgehen lassen sollte.

«Gehen wir», sagt er, legt die Kamera zur Seite und ruft die Frau zu sich, die Nathalie heißt. Die befreit sich aus den Händen von vier jungen Männern und folgt Thomas und Lena.

Thomas öffnet erneut die Tür zu seinem Schlafzimmer und kramt etwas aus seinem Schrank hervor.

«Benutz das», sagt er zu Nathalie, die einen großen Strap-On aus einer

Tasche hervor holt. So etwas hat Lena bisher weder gesehen, noch benutzt und schaut fasziniert zu, wie sie die elastischen Riemen auseinander fummelt und dann wie in einen Slip in das Teil hinein schlüpft. Der große Plastikschwanz steht steil von ihrem Schambein ab und schaut Lena erwartungsvoll an. Sie muss sich selbst eingestehen, dass sie der Anblick irgendwie anmacht.

Lena tritt auf Nathalie zu und geht dann vor ihr auf die Knie. Sie greift nach dem Dildo und führt ihn zu ihrem Mund, um ihn mit ihrer Zunge zu befeuchten. Anschließend lässt sie ihn tief in ihren Hals gleiten und kann aus dem Augenwinkel sehen, dass Thomas sehr gefällt, was sie macht und immer näher kommt.

«Tiefer», sagt er, woraufhin Nathalie Lena am Kopf festhält und den Prügel noch ein bisschen weiter in sie hinein schiebt, bis sie würgt und ihr die Tränen kommen.

«Fick sie», fordert Thomas Nathalie dann auf, die den Plastikschwanz wieder aus Lena heraus zieht und zuschaut, wie die sich aufrichtet und auf dem Bett platziert. Sie geht auf alle viere und positioniert sich so, dass Thomas von der Seite beobachten kann und ganz genau sieht, wie Nathalie mit dem Plastikprügel in sie eindringt.

Die kniet sich nun hinter Lena, führt den Schwanz an ihre inzwischen nasse Muschi und dringt mit einem festen Stoß in sie ein, was Lena unwillkürlich zum Aufstöhnen bringt. Nathalie beginnt sofort sie mit harten und schnellen Stößen zu ficken und zum ersten Mal hat Lena das Gefühl, dass sie vielleicht zum Höhepunkt kommen wird.

«Mach, dass sie kommt», sagt Thomas und steht nun dicht neben den Beiden. Nathalie wird noch etwas schneller und führt jetzt ihre Hand um Lena, um sie am Kitzler zu berühren und ihn zu reiben. Sie merkt, wie sich ihr ganzer Körper anspannt und weiß, dass der Höhepunkt nicht mehr lange auf sich warten lässt. Sie konzentriert sich auf die harten Stöße, auf das Reiben und dann spannt sie ihren Unterkörper an und lässt den heftigen Orgasmus zu. Laut stöhnt sie auf, krümmt sich zusammen und spürt noch stärker, wie Nathalie den Dildo in sie stößt.

«Ja… sehr schön», lobt Thomas sie und deutet Nathalie an, dass sie aufhören kann.

Erschöpft lässt sich Lena auf das Bett fallen und schnappt nach Luft. Sie hätte nicht erwartet, dass sie dabei kommen würde.

«Jetzt sie», sagt Thomas und zeigt mit seinem Finger erst auf den Strap-On und dann auf Nathalie, die vorsichtig aus den Gummiriemen steigt.

Verwirrt betrachtet Lena das Spielzeug in ihrer Hand und versucht, die Bänder zurechtzulegen. Langsam erkennt sie, wo ihre Beine rein müssen und legt sich das Teil an. Sie zieht die Bänder noch etwas fester, weil sie schmaler als Nathalie gebaut ist und den Dildo so besser kontrollieren kann. Sie bewegt ihr Becken hin und her, lässt den Schwanz wackeln und stellt sich dann vor Nathalie, die sich bereits auf den Boden gekniet hat und darauf wartet, dass Lena sie nun fickt.

Die hält ihr nun den Schwanz hin und schaut zu, wie sie mit der Zunge daran leckt und ihn tief in ihrem Mund verschwinden lässt. Es ist seltsam so etwas aus dieser Position zu sehen, aber sie kann sich gut vorstellen, wie geil es Männer machen muss, wenn sie dabei zusehen können, wie die Frau an ihrem Prügel lutscht.

«Tiefer», sagt Thomas erneut und will, dass Lena Nathalie am Kopf festhält, um den Schwanz noch fester in sie zu stoßen.

Sie findet auf einmal Gefallen an dieser Rolle und drückt Nathalie den Plastikprügel tief in ihren Rachen, um dabei zuzuschauen wie sie zuckt und versucht weiterhin den Mund weit aufzulassen. Sie mag es, dass sie Nathalie so in der Hand hat und kontrollieren kann. Sie beginnt langsam ihr Becken vor und zurückzubewegen, um sie mit dem Schwanz tief in den Hals zu ficken, während die ihre Finger fest in Lenas Arsch vergräbt.

«Fick sie jetzt», hört sie Thomas sagen und ist schon fast ein bisschen enttäuscht, dass sie sich von diesem geilen Anblick losreißen muss.

Sie zieht den langen Prügel aus ihr heraus und guckt zu, wie sie sich auf dem Bett positioniert und ihr den Arsch entgegenstreckt. Mit der Spitze des Dildos fährt sie langsam über Nathalies Loch und drückt ihn dann kräftig in sie hinein, was sie nun ebenfalls zum Aufstöhnen bringt. Dann bewegt sich Lena mit ihrem Becken vor und zurück und versucht mit jedem Stoß schneller zu werden. Dabei krallt sie sich fest an Nathalies schmaler Hüfte und hört, wie die bei jedem Stoß laut aufstöhnt.

«Schneller», sagt Thomas, der sich nun selbst den Schwanz wichst und erregt dabei zuschaut, wie Lena Nathalie mit dem Strap-On fickt. Noch schneller und härter drückt Lena ihr jetzt den Prügel in ihre nasse Muschi und spürt, dass auch Nathalie daran Spaß hat und sich ihr Körper immer mehr anspannt.

«Das auch», sagt Thomas plötzlich und schmeißt einen kleineren Dildo aufs Bett, den sich Lena verwundert anguckt.

Was soll sie damit?

«In meinen Arsch», flüstert Nathalie und Lena versteht jetzt, was er meint.

Sie hört auf sie zu ficken, lässt den Prügel aber tief in Nathalies Muschi und befeuchtet den kleinen Dildo mit ihrer Spucke, bevor sie ihn dann vorsichtig in Nathalies Arsch schiebt, ihn festhält und sie dann im gleichen Tempo weiterfickt.

Sie spürt, wie Nathalie durch den zusätzlichen Dildo zappelt und sich ihr

Körper immer heftiger anspannt. Das Gefühl, jetzt mit beiden Schwänzen gefickt zu werden, muss unglaublich intensiv sein. Thomas steht nun direkt neben den beiden und wichst seinen Prügel immer schneller. Lena hört, wie er lauter atmet und seinen Blick weiterhin auf Nathalies Arsch gerichtet hält. Noch ein paar Mal stößt Lena kräftig zu und hört dann Nathalies tiefes Stöhnen und spürt, wie sie zuckt und kommt.

Nur wenig später sieht sie, wie Thomas Saft sich auf Nathalies Arsch verteilt und er stöhnend neben ihr steht.

«Sehr gut», sagt er und fordert die beiden Frauen auf, ihn alleine zu lassen.

Lena nutzt die Gelegenheit, um endlich etwas zu essen und sich dann in ihre Kabine zurückzuziehen, vor Vitali bereits auf sie wartet.

«Ich habe einen Plan», sagt er und schaut sich nervös um.

Sie gehen in Lenas Zimmer, schließen die Tür hinter sich und Vitali erzählt ihr, dass er von Thomas Sicherheitsmännern erfahren hat, dass sie einen alten Freund an der Küste besuchen. Der besitzt eine recht abgeschottete Villa auf einem Hügel, in der Vitali bereits schon einmal gewesen ist. Er kennt Leute in der Nähe und hat bereits jemanden kontaktiert, der ihnen helfen wird.

«Wir müssen nur einen günstigen Moment abpassen, in dem wir uns unbemerkt rausschleichen können. Thomas wird nicht nur dich mitnehmen, sondern auch noch zwei andere der Frauen. Du musst es nur schaffen, dass er dich für einen Augenblick alleine lässt und dann schnell mit mir aus dem Haus verschwinden. Die Villa wird nicht bewacht und es gibt keinen Zaun, weil sowieso nie jemand vorbei kommt. Das ist also die ideale Gelegenheit», sagt er aufgeregt.

Lena nickt nur, hört ihm aber kaum richtig zu, weil sie so müde ist und einfach nur noch schlafen will. Daher schläft sie wenig später ein, während Vitali ihr den Plan erklärt. Sie wird schon früh genug herausfinden, wie es morgen danach weitergehen soll.

Als sie aufwacht, sitzt Vitali noch immer neben ihr und scheint im Sitzen eingeschlafen zu sein. Sie fühlt sich noch immer müde, aber ein bisschen erholter als gestern. Als sie durch das kleine Fenster guckt, kann sie sehen, dass die Sonne bereits aufgegangen ist und auch, dass Vitali ebenfalls aufgewacht ist.

«Erklärst du mir den Plan noch mal?», sagt sie und schnell erläutert er ihr das Vorhaben.

«Du schleichst dich raus, ich warte vor dem Haus auf dich und dann laufen wir zu meinen Freunden, die hinter einem der Hügel mit dem Auto auf uns warten. Keine Sorge. Ich vertraue ihnen und sie schulden mir noch einen Gefallen. Du musst keine Angst haben. Danach fahren wir zu weiteren Freunden von mir, die bereits Kontakt mit der Polizei in Deutschland aufgenommen haben. Die sind gerade auf dem Weg nach Frankreich und werden vor Ort sein, um dich in Empfang zu nehmen und sicher wieder zurück nach Deutschland zu bringen», erzählt er und Lena hört aufmerksam zu.

«Und was ist mit Viktor? Und mit dir?», fragt sie.

«Ich werde als Kronzeuge aussagen und die Polizei über seine Machenschaften aufklären. Er hat gute Männer, schmiert viele wichtige Leute in Russland, die ihn wahrscheinlich schützen werden. Aber ich weiß auch viel und habe in den letzten Tagen einige Beweise gesammelt. Es wird riskant, weil ich mir nicht sicher sein kann, dass er danach auch wirklich eingesperrt wird, aber wir müssen es einfach versuchen», sagt er und Lena guckt ihn besorgt an.

Wenn er Viktor verraten sollte, dann wird er seine Männer auf ihn loslassen, die ihn mit großer Wahrscheinlichkeit finden und umbringen werden.

«Das können wir nicht riskieren», erwidert sie daher.

«Doch. Wir müssen es riskieren, um dich hier raus zu holen. Oder willst du weitere Jahre mit Thomas verbringen, bis du ihm zu alt wirst und dann wie ein ungeliebtes Spielzeug weggibt?», fragt er und Lena sieht sofort ein, dass er Recht hat. Es entsteht eine kurze Stille zwischen den Beiden, die Lena dazu nutzt, um ihn zu umarmen.

«Danke, dass du das für mich machst», sagt sie, guckt ihn an und küsst ihn.

Er erwidert den Kuss, hält sie noch etwas stärker fest, bis sie sich wieder lösen.

«Ich hab dich hier rein gebracht und werde dich auch wieder hier rausholen», sagt er entschlossen und steht dann auf.

«Wir müssen los», meint er, während er aus dem kleinen Bullauge schaut und sieht, dass sie den Hafen langsam erreichen.

Lena zieht sich ein weißes Kleid über, während Vitali draußen auf sie wartet und die Beiden wenig später zusammen mit Thomas, den beiden Frauen und seinen Sicherheitsleuten das Boot verlassen.

Direkt am Hafen warten bereits zwei Fahrer auf sie, die sie ohne Umschweife zu der Villa von Thomas Freund bringen.

Beeindruckt schaut sich Lena um, als sie das Haus auf dem Hügel sieht. Es bettet sich perfekt in die malerische Landschaft ein, wird tatsächlich nicht durch einen Zaun von der Umgebung begrenzt und ist genau so, wie sie sich all die Villen der Reichen vorgestellt hat, die sich nun im warmen Südfrankreich zurückgezogen haben.

Thomas greift nach ihrer Hand und zieht sie hinter sich her, um ihr den Besitzer des Hauses vorzustellen.

«Lena, das ist Jakob», sagt er und deutet auf einen großen Mann in den 50ern, der einen weißen Leinenanzug trägt und damit perfekt zu seinem weißen Haus passt.

«Hallo Lena. Schön, dass du da bist», begrüßt er sie herzlich und führt sie und den Rest der Gruppe in sein Haus.

«Ich habe Frühstück auf meiner Terrasse vorbereitet», sagt er, geht dabei durch den großzügigen Flur und das riesige Wohnzimmer, um durch eine Glastür auf die Terrasse zu gelangen, die einen direkten Blick auf das türkisblaue Meer zulässt.

«Wow», sagt Lena und blickt sich sprachlos um.

Jakob hat eine große Tafel vorbereitet, auf der sich bereits sämtliche Leckereien stapeln. Frisches Obst, Brötchen, Croissants, Käse, Wurst und noch viel mehr.

«Sitz neben mir», sagt Jakob und platziert Lena direkt neben sich, während er am Kopfende Platz nimmt.

Er will alles über sie wissen und fragt nach dem Frühstück, ob sie sich nicht zusammen mit ihm in seinem Schlafzimmer im oberen Stockwerk zurückziehen möchte. Sie stimmt zu und fragt vorher laut und deutlich, ob sie noch das Badezimmer aufsuchen kann, damit Vitali es hören kann und sich ebenfalls vorbereitet. Sie hofft, dass es sich im Erdgeschoss befindet und sie sich dann durch das Fenster aus dem Haus schleichen kann.

«Das Bad ist gleich um die Ecke. Ich warte oben auf dich», sagt er und deutet auf eine weiße Tür.

Erleichtert huscht Lena in den Raum, während Vitali mit einem Vorwand nach draußen eilt und sieht, dass es ein großes Fenster gibt, was sie ungehindert öffnen kann.

«Ich bin hier unten», hört sie Vitali von der anderen Seite flüstern und nimmt all ihren Mut zusammen, streckt erst das eine Beine aus dem Fenster, dann das nächste und stützt sich dann ab, um in dem stacheligen Busch unter ihr zu landen. Vitali fängt sie auf, hält sie fest und zieht sie dann hinter sich, um sich schnell hinter einem der Hügel zu verstecken.

«Wir müssen da vorne hin», sagt er leise und zeigt auf einen 100m entfernten Punkt.

Lena ist froh, dass sie sich für ihre leichten Turnschuhe entschieden hat, als sie die holprige Strecke bis zum Auto zurücklegen.

«Steig schnell ein», ruft Vitali. Kaum dass sich die Tür geschlossen hat, fährt der Fahrer auch schon los.

# Flucht

«Das hat schon mal geklappt», sagt der Beifahrer und dreht sich grinsend zu Lena um. «Ich bin Johann und das ist Alex.»

Er deutet auf den Fahrer, der zum Gruß mit dem Kopf nickt. Er beschleunigt das Tempo, sobald sie die asphaltierte Straße erreichen und Vitali schaut sich immer wieder panisch um.

«Sie werden gleich bemerken, dass wir nicht mehr da sind», sagt er, woraufhin Alex das Tempo noch einmal anzieht bis sie in den normalen Straßenverkehr gelangen und er wieder langsamer fahren muss.

Sie erreichen ein unscheinbares Gebäude, Alex lässt sie raus und parkt dann das Auto ein Stückchen weiter weg, damit keiner sie entdecken kann.

Zusammen mit Johann gehen sie durch einen Hintereingang und gelangen in ein herunter gekommenes Gebäude. In den Fluren platzt der Putz von der Decke und die Tür, die Johann öffnet, quietscht fürchterlich.

Kaum als sie den Raum betreten, springen vier Polizisten hoch und starren die drei an.

«Ist sie das?», fragt einer und guckt Lena an. Die ist seit der Flucht total überfordert, zittert und fühlt sich wie in einem Traum. Alles zieht verschwommen an ihr vorbei und erst jetzt realisiert sie, dass die Polizisten akzentfrei Deutsch mit ihr sprechen und die typische blaue Uniform tragen.

Einer der Männer kramt einen Zettel hervor, auf dem ein Bild von Lena abgedruckt ist. Wahrscheinlich haben ihre Eltern das der Polizei gegeben, als sie als vermisst gemeldet wurde. Der Gedanke an ihre Eltern versetzt ihr einen Stich. Sie hat nie daran gedacht, was für große Sorgen sie sich machen müssen. Er vergleicht Lena mit dem Mädchen auf dem Foto und nickt.

«Sie scheint es wirklich zu sein. Kannst du uns deinen Namen verraten?», sagt er und reißt sie damit aus ihren Gedanken.

«Ich heiße Lena Heitmann», sagt sie und der Beamte nickt. «Passt auch. Kannst du uns erzählen, was passiert ist?»

Er lässt Lena Platz nehmen und sie fängt mit der ganzen Geschichte an. Wie sie damals im Restaurant Vitali und seinen Bruder gesehen hat, wie sie nach der Arbeit von ihnen abgefangen wurde und wenig später in einem Zimmer in Viktors Haus aufgewacht ist und er sie gefangen gehalten hat.

«Und dieser Mann hat dich also entführt?», sagt er und deutet auf Vitali.

«Ja, aber er hat mich auch gerettet», antwortet sie, als einer der Männer Handschellen zückt und sie Vitali anlegen will.

«Wir müssen ihn trotzdem festnehmen. Aber darum musst du dir keine Sorgen machen. Wir bringen dich jetzt erstmal hier raus und dann zurück nach Deutschland. Du willst sicherlich deine Familie wiedersehen», sagt er und sie beobachtet wie die Tür aufgeht und ein französischer Beamter hereinkommt, um Vitali mitzunehmen.

«Nein, nicht!», ruft sie noch und steht auf, um ihn festzuhalten.

Sie kann nicht zulassen, dass er ihr jetzt einfach weggenommen wird.

Aber Vitali beruhigt sie.

«Wir werden uns sicherlich wiedersehen», sagt er, woraufhin Lena ihre Arme um ihn schlingt und noch einen letzten Kuss gibt.

Kurz darauf wird sie von den deutschen Beamten zum Flughafen geführt und nach Deutschland geflogen.

«Deine Eltern sind informiert. Sie warten am Flughafen auf dich. Du kannst dich erstmal erholen, aber wir werden dir in den nächsten Tagen noch einen Besuch abstatten, um ein paar Aussagen gegen Viktor, Vitali und seine restlichen Männer zu machen. Der steht schon ziemlich lange auf unserer Liste», informiert sie einer der Polizisten, aber Lena hört kaum noch zu, weil sie immer wieder an Vitali denken muss.

Er hat sein Leben für sie riskiert, nur um jetzt hinter Gittern zu landen? Die wissen doch gar nicht, wie er wirklich ist.

«Wir sind da», wird sie erneut von einem Beamten unterbrochen und steigt aus, um in das wartende Flugzeug zu steigen, was sie zurück zu ihrer Familie bringt.

Die sind natürlich total aufgebracht und erleichtert, als sie Lena in Deutschland in Empfang nehmen. Ihre Mutter weint, als sie endlich das Gesicht ihrer Tochter erblickt und auch ihr Vater kann sich nicht zusammenreißen und vergießt ein paar Tränen.

«Wir haben uns solche Sorgen gemacht», sagen sie immer wieder, während sie von einem Beamten nach Hause gebracht werden.

«Ihr Haus wird rund um die Uhr bewacht und auch du solltest dich nicht mehr ohne Begleitschutz aus dem Haus wagen. Es kann sein, dass Viktor seine Männer schicken wird, um nach Vitali zu suchen. Verrat wird bei solchen Menschen natürlich nicht gerne gesehen», erklärt der Beamte Lena und ihren Eltern.

«Ich bin müde», sagt sie dann und läuft nach oben in ihr Zimmer.

Es ist immer noch so unwirklich, dass sie jetzt wieder zurück ist und sie kann noch nicht realisieren, dass sie Viktor und seinen Männern entkommen konnte.

Auch die nächsten Tage sind wie ein merkwürdiger Traum. Ihre Eltern haben ihre Freunde informiert, dass Lena zurück ist und nach und nach wurde sie von allen besucht, während zwei Polizeibeamte rund um die Uhr vor dem Haus stehen. Sie hat sich noch mehrfach nach Vitali erkundigt, aber keiner konnte ihr Auskunft dazu

erteilen. Auch über Viktor weiß sie
nicht mehr.

# Zuhause

Es vergehen Wochen, bis sich Lena wieder an ihr altes Leben gewöhnt hat. Sie geht wieder zur Uni, hat aber die Arbeit im Restaurant aufgegeben. Sie wird noch immer von einem Beamten überall hin begleitet und denkt mit jedem Tag weniger an ihre Entführung, aber es vergeht kein Tag, an dem sie nicht an Vitali denkt. Sie fragt sich, was er macht und wie es ihm geht. Sie würde gerne Kontakt zu ihm aufnehmen, weiß aber nicht wie. Die Polizei rät ihr davon ab, nach ihm zu suchen, kann ihr gleichzeitig aber auch nicht sagen, was mit ihm passiert ist.

«Die französischen Beamten mussten ihn zurück nach Russland bringen. Und was da passiert ist, weiß keiner», sagen sie ihr nur immer wieder.

Lena hat die Hoffnung inzwischen aufgegeben, dass sie ihn jemals wieder sehen wird, bis es eines Abends plötzlich an der Tür klingelt.

Verwundert öffnet ihr Vater, während Lena oben an der Treppe stehen bleibt, um zu sehen, wer es ist. In den letzten Wochen ist es nicht vorgekommen, dass jemand geklingelt hat, weil der Beamte vor dem Haus jeden Gast abgefangen und dann angekündigt hat.

«Hallo, ich würde gerne Ihre Tochter sehen», hört sie eine tiefe, männliche Stimme mit russischem Akzent sagen.

Sofort stürmt sie die Treppen runter und blickt dann in Vitalis überraschtes Gesicht, als sie ihm und den Hals fällt.

«Oh Gott sei Dank geht es dir gut!», sagt sie, während er sie festhält und er mit der Einverständnis ihres Vaters und des Beamten ins Haus eintritt.

«Viktor wurde festgenommen. Ich konnte meinen Bruder überreden, ebenfalls gegen ihn auszusagen und mit all den Beweisen, hat es dann gereicht. Er wird auch so schnell nicht mehr freikommen», erklärt er sein plötzliches Auftreten.

«Aber ich bin frei. Und mein Bruder auch. Und du auch», ergänzt er und wieder fällt sie Vitali um den Hals, um ihn zu küssen.

Ihr Vater lässt sie alleine, um mit dem Beamten vor dem Haus zu reden, um sich zu vergewissern, ob wirklich alles vorbei ist.

Lena zieht Vitali hoch in ihr Zimmer und will wissen, was danach passiert ist. Sie erfährt, dass er sich mit den Beamten einen Plan überlegt hat, um auch seinen Bruder da raus zu holen, weil Viktor natürlich davon ausgegangen ist, dass der ebenfalls mit drin steckt. Zum Glück konnte er Viktor aber davon überzeugen, dass er nichts damit zu tun hat. Da wurde er aber bereits von Vitali kontaktiert, um zusammen mit ihm eine Razzia zu planen, bei der nicht nur Viktor, sondern auch viele seiner Geschäftspartner hochgenommen wurden.

«Und dann ging alles ganz schnell und jetzt bin ich hier», sagt er und strahlt Lena glücklich an.

Sie küssen sich noch einmal und Lena fängt an über seinen Körper zu streicheln. Sie fährt mit ihren Fingern über seine starken Arme, seinen muskulösen Rücken, während sie ihn langsam auszieht. Ganz zärtlich berührt er auch sie, küsst sie am gesamten Körper, bevor sie sich dann auf ihr Bett legen und sich eng aneinandergeschmiegt weiter küssen.

Lenas Hand wandert in Vitalis Schritt und sie beginnt seinen Schwanz liebevoll zu massieren, bis sie sich aufrichtet und sich auch noch von ihren letzten Klamotten befreit, um sich ganz langsam auf ihn zu setzen.

Vorsichtig dringt er in sie ein, schaut ihr dabei die ganze Zeit in die Augen und hält sie an ihrer Hüfte fest. Sie beugt sich zu ihm nach vorne, küsst ihn noch einmal, bevor sie dann ihren Kopf an seine Schulter legt und langsam ihr Becken vor und zurückbewegt.

Sie verharren für einen langen Moment in der gleichen Position, bis Vitali sie festhält und auf den Rücken dreht, um zwischen ihre Beine zu knien.

So viel Nähe hat Lena schon lange nicht mehr zugelassen, aber sie genießt jede einzelne Sekunde davon. Vitali nimmt Lenas Hand, hält sie fest, während er weiterhin sein Becken gegen ihres drückt und somit langsam zum Höhepunkt bringt.

Ihre Atmung und ihr Herzschlag werden schneller, ihr Stöhnen lauter und sie spürt, wie sich ein intensiver Orgasmus in ihr zusammenbraut. Noch ein paar Mal stößt Vitali in sie, bis sie gemeinsam kommen und sie sich schwer atmend an seinem Rücken festhält.

Grinsend schauen sich die Beiden an und können kaum glauben, dass das endlich passiert ist. Wie lang hat sich Vitali auf genau diesen Moment gefreut.

Sie bleiben noch lange ineinandergeschlungen im Bett liegen, bis sie irgendwann einschlafen.

Am nächsten Tag eröffnet Vitali Lena, dass er sein Studium zu Ende bringen will, um endlich seinen Wunsch wahr werden zu lassen und als Lehrer arbeiten zu können.

«Hier in der Stadt gibt es ein paar hervorragende Schulen», sagt sie in der Hoffnung, dass er bei ihr bleibt.

«Ich weiß. Und eine würde mich gerne einstellen», antwortet er mit einem breiten Lächeln. «Es muss doch jemand auf dich aufpassen.»

Überglücklich fällt sie ihm um den Hals und kann ihr Glück gar nicht fassen. Niemals hätte sie damit gerechnet, dass ihr Leben vielleicht doch noch so verlaufen wird, wie sie es sich immer vorgestellt hat.